U0528822

Patrick Modiano

Villa Triste

凄凉别墅

〔法〕帕特里克·莫迪亚诺 著　石小璞 金龙格 译

著作权合同登记号　图字 01-2012-3599

Patrick Moniano
Villa triste
© Éditions Gallimard，Paris，1975

图书在版编目(CIP)数据

凄凉别墅/(法)帕特里克·莫迪亚诺著；石小璞，金龙格译.
—北京：人民文学出版社，2016
（莫迪亚诺作品系列）
ISBN 978－7－02－011821－2

Ⅰ.①凄…　Ⅱ.①帕…　②石…　③金…　Ⅲ.①长篇小说-法国
-现代　Ⅳ.①I565.45

中国版本图书馆 CIP 数据核字(2016)第 152821 号

责任编辑：甘　慧　彭　伦　何家炜
装帧设计：汪佳诗

出版发行　　人民文学出版社
社　　址　　北京市朝内大街 166 号
邮政编码　　100705
网　　址　　http://www.rw-cn.com

印　　制　　上海利丰雅高印刷有限公司
经　　销　　全国新华书店等

字　　数　　85 千字
开　　本　　889 毫米×1194 毫米　1/32
印　　张　　6.25　插页　5
版　　次　　2017 年 1 月北京第 1 版
印　　次　　2017 年 1 月第 1 次印刷

书　　号　　978-7-02-011821-2
定　　价　　35.00 元

如有印装质量问题，请与本社图书销售中心调换。电话：01065233595

Villa triste

献给吕迪

献给多米尼克

献给吉纳

你是谁,你,窥影人?
——迪伦·托马斯

一

　　他们摧毁了凡尔登饭店。这是一幢奇特的建筑，对面是火车站，旁边有一个玻璃棚，玻璃棚上的木料已经腐烂。做生意的旅客常去那儿，一边等火车一边小憩。这家饭店是供妓女使用的，因而远近闻名。旁边那家圆顶咖啡馆也从平地上消失不见了。它的名字是"刻度盘咖啡馆"，还是"未来咖啡馆"？火车站和阿贝尔一世广场的草坪之间如今已是空空荡荡的一大片。

　　王家大街呢，它依然如故，没有什么变化。但由于正值冬令时节，加之时间已晚，一路走过去，就如同从一个死亡的城市中穿过。"克雷芒·马罗之家"书店、奥罗维茨珠宝店、多维尔商店、日内瓦商店、勒杜盖商店，以及"忠实的牧羊人"英国糕点店的橱窗……再远处是勒内·皮高尔理发店和"沉思的亨利"商店的橱窗。这些富丽堂皇的商店中的大部分只是在这个季节才开门。到了连拱廊那儿,往左边望去,在拱廊的尽头,桑特拉商店红红绿绿的霓虹灯在闪烁。对面的人行道上,王家大街和帕基埃广场的拐角处,那家年轻人夏天经常光顾的塔韦尔纳小酒店,从前的那些老顾客今天还在吗?

大咖啡馆里什么也没留下,那些分枝吊灯、玻璃器皿和从前被挤到马路上的那些太阳伞、桌子都不见了。那时,晚上接近八点钟的时候,来来往往的行人坐满了一桌又一桌,组成一个个群体。朗朗的大笑、金色的头发、酒杯的叮当声、草帽,时不时地,一件沙滩浴衣给这里添进了五彩缤纷的色调。人们正在准备晚上的庆典。

右边,有一大片连在一起的白色建筑,那是卡西诺俱乐部①,只在六月到九月这段时间里开放。冬季,当地的有产阶级每周两次在巴卡拉纸牌游戏大厅里打桥牌,餐厅被该省扶轮社②用作聚会的场所。后面是阿尔比尼公园,它略微向那个湖泊倾斜。公园里柳树成荫,有一个露天音乐台,还有一个码头,人们可以从那儿踏上破旧的小船,在水边特定

---

① 原文为 Le Casino,casino 有赌场、娱乐场、俱乐部的意思。
② 1905 年创建于美国芝加哥,是富有的商人领袖及专门职业者的地方性联谊组织,统一于一个国际组织之下,也称"扶轮国际"。

的小地点之间来回穿梭,那些小地点分别叫维利埃、夏瓦尔、圣约利奥兹、埃朗-洛克、卢萨兹码头……不胜枚举。不过,应该随着一支摇篮曲坚持不懈地唱上几句。

沿着阿尔比尼林荫大道往前走,路边栽满法国梧桐。这条林荫大道沿着湖边向前延伸,在它向右边弯进去的地方,可以看见一扇白木栅栏门,那就是斯波尔亭运动场的入口。砾石小路的两边有许多网球场。接下去,只要闭上眼睛就能回忆起那一排排小屋和近三百米的沙滩。背后,有一座英式花园环绕着斯波尔亭运动场的酒吧和餐厅,这酒吧和餐厅所处的位置从前是一片柑橘园。所有这些建筑组成一个半岛,一九〇〇年时,它们仍旧是汽车制造商高尔东-格拉姆的财产。

在阿尔比尼林荫大道的另一边,与斯波尔亭运动场一样高的地方是卡拉巴塞尔林荫道。这条林荫道蜿蜒曲折,往上一直伸向埃尔米塔日饭店、维恩德索尔饭店和阿尔朗布拉饭店,当然,要去那里也可以走缆索铁道。夏季,缆车一直开到晚上十二点钟,乘客们在一个小车站里候车。从外观来看,这个小车站像瑞士山区的小木屋。这里的植被是多层次的,人们置身其中会搞不清自己到底是在阿尔卑斯山、地中海岸边,还是在热带地区。这些植物当中有意大利五针松、含羞草、冷杉和棕榈树。沿着小山坡上的林荫道前行,便能观看到这里的全部景致:整个湖泊,阿拉维斯山脉,以及湖水彼岸那个被称为瑞士的国家,它逐渐消逝,最后无影无踪了。

埃尔米塔日饭店和维恩德索尔饭店只剩下带家具的套房了。可是,人们忘了拆毁维恩德索尔饭店的挡风转门,以及埃尔米塔日饭店的门厅上向外延伸的玻璃天棚。你们还记得吧:以前,那些地方曾爬满了叶子花。维恩德索尔建于一九一〇年,白晃晃的外墙跟尼斯的胡尔饭店和内格勒斯科饭店的墙壁一样,仿佛蛋白夹心饼。埃尔米塔日的外表呈赭石色,更显得朴实、庄严,酷似多维尔①皇家饭店。是的,它们有如一对孪生兄弟。饭店里的房间真的都改成套间了吗?窗户里没有一丝亮光。要穿过昏暗的大厅,登上楼梯,必须有足够的胆量。或许,人们会发现,没有一个房客住在这里。

阿尔朗布拉饭店已被夷为平地。环绕着它的花园没有留下一丝痕迹。人们势必要在那儿再建起一幢现代化的饭店。很容易让人想起来:夏天,埃尔米塔日、维恩德索尔和阿尔朗布拉饭店的花园——正如大家都能想象出来的消逝的伊甸园和希望之乡②。只是,三家饭店中,哪一家饭店拥

---

① 法国卡尔瓦多斯省的一个海滨小镇。
② 《圣经》中上帝赐给亚伯拉罕的迦南地方。

有如此宽大的大丽菊花圃和那一长排可供人们支肘俯瞰湖水的栏杆呢？这无关紧要。我们将是这一世界的最后见证人。

时值冬季，天色非常晚，肉眼仅能辨认出湖水那边瑞士的湿湿的灯火。卡拉巴塞尔饭店那些繁茂的草木如今只剩下一些枯木和生长不良的花丛。维恩德索尔和埃尔米塔日的墙壁黑乎乎的，如同被大火烧烤过。城市已失去了它那国际城市的风采和避暑胜地的外貌。它变得只有法国的一个省会那么大，有如隐藏在法国外省里的一个小城。公证人和专区区长在被改做他用的俱乐部里打桥牌。还有皮高尔夫人，她是理发店的老板娘，四十来岁，金发，洒过"震惊"牌香水。坐在她旁边的塞尔沃兹，是福尔尼埃家族的后裔，一个出色的高尔夫球运动健将，他们家在法维尔热[1]有三个纺织厂，还拥有尚贝里[2]的几家药厂。塞尔沃兹夫人的头发是棕色的，正如皮高尔夫人的头发是金色的一样，她似乎总是驾着一辆宝马汽车，在日内瓦和她的夏瓦尔的别墅之间来回。她很喜欢年轻人。人们经常看见她与平班·拉沃勒尔在一起。我们还可以列出这座小城日常生活中的千百种

---

[1] 法国上萨瓦省的安西专区政府所在地。
[2] 法国上萨瓦省省会。

平淡无奇使人懊丧的别的细节来,因为十二年来,那些人、那些事肯定没有什么改变。

咖啡馆都关门了。一缕玫瑰色的灯光从桑特拉的门缝里透出来。您想不想让我们走进去证实一下那些桃花芯木护壁板是否依然如故,那盏带苏格兰花呢灯罩的吊灯是否还挂在原来的地方——吧台的左边?他们没有取下埃弥尔·阿莱赢得世界锦标赛后在安吉堡拍摄的照片。詹姆斯·古特尔的那些照片也仍然挂在那里。还有丹尼尔·昂德利克斯的那幅照片。这些照片整整齐齐地挂在一排排开胃酒的上方。它们已经发黄了,那是毫无疑问的。在昏暗的光线中,一名身穿方格外套、满脸通红的男子正心不在焉地在那个女招待的身上乱摸。他是唯一的顾客。六十年代初,那名女招待美艳绝伦,而后,她的身子越变越臃肿了。

走在沉寂的索梅埃大街时,能听到自己的脚步声。左边,雷让电影院还像从前一样:墙壁依然是橘黄色的粗灰泥层,"雷让"是石榴红色的英文字。他们必定还是给大厅安装了现代化的设施,把木质沙发和入口处用来装饰的女演员肖像都给换掉了。火车站广场是全城唯一闪着一些灯光的地方,唯一有人活动的地方。开往巴黎的快车午夜十二点零六分到站。贝尔多勒兵营休假的军人手上提着金属行李箱或纸板行李箱,三五成群、吵吵嚷嚷地走过来了。有些士兵唱起了《我美丽的冷杉》：圣诞节就要到了，毫无疑问。他们挤在二号站台上，你一拳我一拳地打在背上，仿佛正准备向前线开拔。在所有这些军大衣中，夹进了一件不是军服的米色平民服装。穿着这件衣服的人仿佛一点也不害怕寒冷：他的脖子上围着一条绿色的真丝围巾，被他用手紧紧地抓着。他从人群中走过，脑袋从左边移向右边，神色慌张，似乎想在这些人中间搜寻某张面孔。他刚才甚至还询问了一名士兵，可那名士兵和他的两个同伴讪笑着把他从头看到脚。另外一些军人都转过身来，吹着口哨看他经过。他轻咬着一支烟嘴，装作对这些毫不介意。现在，他走到了另一边，身旁站着一个年轻的、满头金发的阿尔卑斯山猎兵。这名士兵显得局促不安起来，时不时地偷眼看他的同伴们。那人俯在他肩上，凑近他的耳朵小声地说了些什么。年轻的阿尔卑斯山猎兵试图挣脱开。这时，他把一只信封塞进了那名猎兵的大衣口袋，默默地看着他。他竖起衣领，因为天开始下雪了。

此人名叫勒内·曼特。他陡地将手放在前额上，搭起凉棚，这是十二年前他的惯常手势。唉，他老了……

火车到站了。士兵们冲锋似的跳上火车，挤在车厢过道上，你推我搡。他们放下车窗玻璃，传递着行李箱。几个士兵唱道：

这只是个告别……

但更多的人喜欢高声吼叫：

我美丽的冷杉……

雪下得更大了。曼特依然手搭凉棚、一动不动地立在那里。年轻的金发小伙子隔着车窗注视着他，嘴角挂着一丝不怀好意的微笑。他抚弄着头上的阿尔卑斯山猎兵贝雷帽，曼特冲他打了个手势。火车一节节车厢满载着挥舞手臂放声歌唱的士兵，鱼贯前行了。

曼特将手放进外衣兜里，径直朝车站餐厅走去。两个男招待在收拾桌子，懒洋洋地清扫着餐厅里的一切。酒吧间里，一个身穿风衣的男子正在摆放最后的几只酒杯。曼特想要一杯白兰地。那人语气生硬地回答说，酒吧已经停止营业了。曼特再次说他要一杯白兰地。

"我们这里，"那人拖长声调说，"我们这里不为'姨妈'[①]服务。"

后面那两个男招待大声地笑了起来。曼特一动不动。

[①] 法国对男同性恋者的俗称。

他死死地盯着前面的某个点。他感到筋疲力尽。一个男招待熄掉了左边墙上的枝形壁灯,酒吧间只剩下一个地方还亮着昏黄的灯光。他们抱着手臂,等待着。他们会揍他吗?谁知道呢?兴许曼特会用手掌猛击那张污秽的吧台,带着他以前的那种矫揉造作和不可一世的微笑向他们高喊:"我是阿斯特利德王后[①],是比利时的王后!"

[①] 阿斯特利德·苏菲亚·路易莎·泰娜(1905—1935),生于斯德哥尔摩,出自瑞典王室,比利时国王利奥波德三世的首任妻子。

二

十八岁那年，我在这湖边，在这个颇负盛名的矿泉疗养区干什么呢？什么也不干。我住在卡拉巴塞尔大街梯耶尔家的家庭式膳宿公寓里。本来，我可以在城里找一间房子，但我更喜欢住在离维恩德索尔、埃尔米塔日和阿尔朗布拉饭店才几步之遥的山坡上，那里的豪华和繁茂的花园让我心境泰然。

因为，那时我心中充满了恐惧。那种恐惧的感觉从此与我如影随形。那个时候，恐惧感更加难以消除，更加莫名其妙。一想到巴黎对我这样的人来说充满了危险，我便逃离了那个城市。那里笼罩着一种令人不快的警察统治的气氛。我感觉到处都在抓人，炸弹在爆炸。既然战争是最好的参照，我很想造一个准确的年表。但事实上，到底是关于哪一场战争呢？是阿尔及利亚战争，发生在人们还在驾驶佛罗里达式敞篷车①和妇女们没有什么好衣服穿的六十年代初。男人也一样。我感到害怕，比现在还要恐惧。我选择在此避难，是因为这儿距瑞士仅有五公里路程，一有警报，只需从湖面穿过就行了。我天真地以为，离瑞士越近就越有机会脱身。可我还不知道瑞士并不存在。

那个"季节"从六月十五日就开始了。盛会和庆典将接二连三地持续下去。在卡西诺举行的大使晚宴，乔治·乌尔默尔的巡回演唱，"先生们听好"的三场演出。如果我找得到那份旅游事业联合会编订的计划，那么，七月十四日从夏瓦尔高尔夫球场燃放的烟火、德·科瓦侯爵的芭蕾舞剧和其他事情都会在我的脑海中重现。我保存了这份计划，我肯定能在那一年读过的某本书的书页间找到它。哪一本书呢？那时的天气"好极了"，那些常客预测这样的阳光一直要持续到十月份。

我只去游泳，但很少去。通常，我每天都是在维恩德索尔饭店的大厅和花园里度过的。最后，我终于说服自己，至少，待在那里我不会有危险。当我感到恐惧的时候——一朵鲜花在比肚脐眼略高的地方缓缓绽开花瓣——我就一

---

① 法国雷诺汽车公司 1958—1968 年生产的一款车型。

直望着对面，望着湖那边。从维恩德索尔花园能看见一座村庄，在直线距离五公里远的地方。可以从湖水中游过这段距离。夜间，乘一艘小型机动船，可能只需二十分钟就能到达那边。是的，我竭力使自己平静。我一字一顿地喃喃道："夜间，乘一艘小型机动船……"一切顺利，我重新阅读我的小说，或者读一本没有害处的杂志（我禁止自己读报纸、收听电台里的新闻）。每次我去看电影，都要小心翼翼地等新闻片放完了才进场。不要知道外面所发生的事情，尤其不要知道世界的命运，不要让这种恐惧、这种灾难逼近的感觉加深，只关心那些无足轻重的事情，譬如流行时尚、文学、电影院和音乐厅。躲在折叠式的帆布长椅上，闭上眼睛，身体放松，尤其要放松。把世界忘掉，是吗？

黄昏时分，我下楼到城里去。我坐在阿尔比尼林荫道边的一张凳子上，看着湖边熙熙攘攘的人群、小帆船和来回穿梭的脚踏浮船。这一切让人心境泰然。头顶上方，梧桐树枝繁叶茂，荫庇着我。我慢悠悠地、小心翼翼地往前走去。到了帕基埃广场，我总是在塔韦尔纳的露天座里找一张隐蔽一点的桌子，总是要一杯金巴利汽酒。我凝视着周围的年轻人，再怎么说我跟他们也是同一类人。时间久了，人越聚越多。现在，我仍然能听见他们的笑声，我还记得他们垂挂在眼睛上的发绺。姑娘们穿着齐腿肚子的小脚裤和提花格子运动短裤。小伙子们并不鄙视挂着领章的阔条法兰绒上衣和里面围着薄绸方巾、衣领敞开的衬衫。他们的头发很短,人称"圆形广场"发型。他们正在准备家庭舞会。姑娘们参加舞会时,将会穿上宽大的束腰长裙和舞鞋,舞裙的下摆非常宽大。聪明而又浪漫的青年一代,有人会将他们派往阿尔及利亚。但不包括我。

八点钟,我回到梯耶尔公寓吃晚饭。这个家庭膳宿公寓的外形令我想起猎人的小屋。每年夏天,它接待十来个老房客,所有这些房客都已年过花甲。我夹在中间,开始时他们很不适应、很不愉快。但我小心翼翼地生活着。我尽量减少手势,有意识地使目光暗淡,使表情僵硬——尽可能少眨眼睛——我费尽心机不让这已经不稳定的处境恶化。他们明白了我的良苦用心。现在想来,他们最终接受我了,没有对我另眼相看。

我们在一间当地风格的餐厅里用餐。我本来可以与最挨近我的邻居——一对从巴黎来的仪表整洁的老年夫妇——交谈,但是,从某些迹象看,那男的以前可能当过便衣警察。其他人同样都是成双成对地吃饭,只有一个蓄着小胡子、长着西班牙种猎犬脑袋的先生例外。看他那模样,就像是被遗弃在那儿。我不时地从人们谈话的喧哗声中听见他发出短促的打嗝声,有如狗叫。房客们从客厅经过,在铺着印花布的沙发上坐下，喘着气。梯耶尔公寓的房东布法兹夫人给他们端上一杯茶或助消化的饮料。女人们在交谈。男人们在玩卡纳斯塔纸牌。那位长着猎犬脑袋的先生忧郁地点燃一支哈瓦那雪茄，缩在后面坐着，看他们玩牌。罩着橙红色丝绸灯罩的吊灯发出柔和静谧的灯光。

我呢，我也许很乐意待在他们中间，但那样就得跟他们聊天，或者一起玩牌。也许，他们会答应让我待在那儿，默默不语地看着他们？我再次进城。九点十五分整，新闻刚好放完——我走进雷让电影院的放映厅；或者选在卡西诺电影院，那里更雅致，更舒适。我现在还找到了一份雷让电影院那年夏天放映的电影节目单。

雷让电影院

6月15日～6月23日　《温柔又粗暴的伊丽莎白》
　　　　　　　　　　H. 德管导演
6月24日～6月30日　《去年在马里安巴德》
　　　　　　　　　　A. 勒内斯导演
7月1日～7月8日　　《R. P. Z. 呼叫柏林》
　　　　　　　　　　R. 哈比导演
7月9日～7月16日　 《俄耳浦斯的遗嘱》
　　　　　　　　　　J. 科克托导演

7月17日～7月24日　《弗拉卡斯上尉》

　　　　　　　　　P. 加斯帕尔-瑞特导演

7月25日～8月2日　《索尔日先生,你是什么人?》

　　　　　　　　　Y. 西昂皮导演

8月3日～8月10日　《夜》

　　　　　　　　　M. 安东尼奥尼导演

8月11日～8月18日　《苏丝黄的世界》

　　　　　　　　　理查德·奎因导演

8月19日～8月26日　《恶性循环》

　　　　　　　　　M. 伯卡导演

8月27日～9月3日　《情人的树林》

　　　　　　　　　C. 奥朗-拉哈导演

　　我会很乐意再看一看这些老电影的一些画面。

　　看完电影,我再去塔韦尔纳喝一杯金巴利酒。年轻人都走了,酒店里显得很冷清。午夜,他们一定到什么地方跳舞去了。我观察所有的椅子、空空的桌子和正在收太阳伞的服务员。我凝视着广场另一边,卡西诺俱乐部的门口对面,向上喷射的明亮大水柱不停地变换着色彩。我数着水柱变绿的次数,以此取乐。这种消遣和另一种消遣一样,不是吗?一次,两次,三次。当我数到五十三这个数字时,我便起身，不过更通常的情况是，我根本不屑玩这种游戏。我一边小口小口地喝着酒，一边胡思乱想。你们还记得大战期间的里斯本吗？记得所有滞留在酒吧和阿维兹饭店大厅里的，携带大大小小的行李箱，等候一艘不会到来的大型客轮的那些人吗？那么，二十年后，我感觉自己就像那些人中的一员。

只有几次，我穿上法兰绒西服，戴上我唯一的领带（领带呈夜蓝色，上面缀有百合花图案，是一个美国人送给我的，领带背面缝着"国际酒徒"几个字，后来我才知道那是一个酗酒者的秘密会社，他们全靠这条领带才得以互相认识，互相提供微小的服务），这时我也会走进卡西诺，在布鲁梅尔门前停留几分钟，看那些人跳舞。他们的年纪大都在三十岁到六十岁之间，有时能看到一个更年轻一些的姑娘由一个五十多岁的瘦长的老者陪着。潇洒漂亮的国际友人随着意大利流行歌曲和卡利普索小调①翩翩跳起了牙买加舞。然后，我径直上楼到赌博厅。人们常常爱加入赌局。最阔绰的赌徒来自离此不远的瑞士。我还记得一个长着光亮的红头发和羚羊般的大眼睛、令人难以置信的埃及人若有所思地用食指捻着他那英国少校般的大胡子的那副模样。他

---

① 一种源自牙买加的二拍子舞曲。

用五百万的大筹码下赌注，人们说他是国王法鲁克①的表兄。

置身于自由的空气中，我感到宽慰。我沿着阿尔比尼林荫道慢慢地返回卡拉巴塞尔。只是在那个时候，我才见过如此美丽、如此清新的夜晚。湖边，别墅的灯光闪烁，让人目眩。在这闪烁的灯光中，我能分辨出某些曲调，萨克斯管或小号的独奏曲。我还能觉察到林荫道上法国梧桐细微的虚无缥缈的沙沙声。我坐在木屋的铁凳上等候最后一班缆车。大厅里只亮着一盏小支光电灯，我壮着胆子走进这片紫色的黑暗之中。我害怕什么呢？战争的声音和世界的爆裂声要传到这个宜人的度假胜地，必须穿过一堵棉絮墙。谁会想到要到这些高贵的避暑者中间寻找我呢？

我在第一站下了车：圣查理-卡拉巴塞尔。缆车继续上升，车里已空无一人。它有如一只巨大的萤火虫。

我脱下我的低帮轻便鞋，踮起脚尖穿过梯耶尔公寓的走廊，因为那些老人非常容易被惊醒。

---

① 法鲁克一世(1925—1965)，1936年继位为埃及国王，1952年退位。

三

　　她坐在埃尔米塔日饭店的大厅最里面的一张长沙发上，两眼紧盯着转门，好像在等什么人。我在离她两三米远的地方占了一张沙发，从侧面注视着她。
　　红棕色的头发，绿色的山东绸裙，女人们穿的细跟皮鞋，鞋子是白色的。
　　一条狗躺在她的脚下。它时不时地打着哈欠、伸伸懒腰。这是一条德国种看门狗，身体肥大，动作迟钝，身上布满黑白斑点。绿色、红棕色、白色、黑色，这些色彩的对照使我头脑迟钝。我是怎样坐到她身边的长沙发上去的？也许，那条德国种看门狗充当了媒人，它懒洋洋地走过来，嗅了嗅我的身体？
　　我注意到她的眼睛是绿色的，脸上长了许多淡淡的雀斑。她的年龄比我略大一些。

这天早晨,我们到饭店的花园里去散步。狗在前面引路。我们沿着一条小路往前走,头顶上覆盖着铁线莲拱穹,开着蓝色、淡紫色的大花。我撩开金雀花的一串串叶子。我们徜徉在草地和女贞树灌木丛中。如果我没记错的话——用贝壳、石块砌成的假山上有白霜色的植物、粉红色的英国山楂花,那里还有一道台阶,台阶两边的喷水池已经空了。还有那块面积很大的黄色、红色、白色大丽菊花圃。我们倚在栏杆上,看着下边的湖水。

我一直都不太清楚,这初次的相见,她的内心是怎么想我的。也许,她把我当作一个心烦厌世、拥有亿万财产的富家公子。总之,让她开心的是我戴在右眼上的、用来阅读的单片眼镜,而并不是因为我的风流倜傥或者矫揉造作,我这只眼睛的视力比另一只差多了。

我们不说话。我谛听着离这儿最近的那块草坪中央,那只转动的喷嘴里喷射出的轻轻的水流声。一名男子走下台阶,向我们走来。从远处看,他的衣服是淡黄色的。他朝我们打了一下手势。他戴着墨镜,擦去前额上的汗水。她把他介绍给我,说他名叫勒内·曼特。他立即纠正说自己叫"曼特医生",并且特别强调"医生"这两个字。他笑着扮了个鬼脸。轮到我做自我介绍了:维克多·克马拉。我在梯耶尔公寓填写住宿登记表时用的就是这个名字。

"您是依沃娜的朋友吗?"

她回答说,她刚刚在埃尔米塔日饭店的大厅里认识我,还说我戴单片眼镜读书。非常明显,这件事使她很开心。她要我把那副单片眼镜戴起来给曼特医生看。我同意了她的请求。"非常好。"曼特若有所思地点头说道。

就这样,我知道了她叫依沃娜。但她姓什么呢?我忘记了。十二年的时间足以让你忘记在你的生活中占有重要位置的人的身份。那是个地地道道的、甜蜜美妙的法国人的姓氏,诸如古德卢兹、雅吉、勒邦、穆拉伊、万森、热尔保……

第一眼就可以看出,勒内·曼特的年龄要比我们大,大概有三十岁。他中等身材,圆圆的脸庞,脸上的肌肉绷得很紧,金发向后梳着。

我们从花园中我并不熟悉的地方穿过,回到饭店。那里的砾石小路非常直,修剪成英式的草坪非常匀称,每块草坪周围都是红红火火的秋海棠和天竺葵花坛,到处都是令人舒畅的温柔的流水声,喷出来的水浇灌着草地。我想起了孩提时代见过的巴黎杜伊勒里花园。曼特建议我们先去喝一杯,然后到斯波尔亭体育场吃午饭。

我夹在他们中间,他们倒觉得非常自然,别人还以为我们是老相识呢。她冲我微微一笑。我们聊着一些小事。他们没向我提任何问题,只有那条狗把脑袋蹭在我的膝盖上,望着我。

她站起身,跟我们说她要回房间去找一条长围巾。那么,她住在埃尔米塔日饭店啰?她在这里干什么呢?她是什么人?曼特从口袋里掏出一支烟嘴,叼在嘴里。这时,我注意到他全身在抽搐。他的左面颊不时地收缩,那模样仿佛跌倒时企图把看不见的单片眼镜抓到。但他戴的那副墨镜略略掩盖了这种战栗。有时他抬起下巴,别人还以为他在向什么人挑衅呢。最后,他的右胳膊似乎时不时地被释放出的电流震动着,传递到手上,手便在空中画着曲线。这一连串的抽搐在胳膊与手之间非常协调,使曼特显得不安而又优雅。

"您在度假吗?"

我回答说是的,我真幸运碰上了这种"阳光明媚"的天气,我觉得这个度假胜地犹如天堂。

"您是第一次来这里吗?您从前不知道这个地方吗?"

我觉察到他的话语中含有几分讥讽。我也壮起胆子,问他是不是在这里度假,他犹豫了一下子。

"噢,不完全是。但我很早就熟悉这个地方……"他将手臂有气无力地举向天空的某一点,疲倦地说,"那些大山……那个湖泊……那个湖泊……"

他摘掉墨镜,目光温柔、忧郁地看着我。他微微一笑。

"依沃娜是位神奇的姑娘,"他说道,"神——奇。"

她朝我们的桌子走了过来,脖子上围着一条绿色的平纹细布长围巾。她朝我莞尔一笑,然后一直注视着我。我的左心房里有一样东西在膨胀、扩大,于是,我把这一天确定为我一生中最美好的日子。

我们登上曼特的汽车。那是一辆老式的道奇牌汽车,车身呈奶油色,车篷可以拆卸或折叠起来。我们三个人都坐在前面的位置上,曼特手握方向盘,依沃娜坐在中间,狗在后面。曼特猛地启动马达,道奇车在砾石路上失去控制,差点撞到饭店的大门上。汽车沿着卡拉巴塞尔林荫道缓缓行驶。我再也听不见马达声。曼特是不是把油门关了,让汽车依靠惯性行驶?马路两旁的意大利五针松遮住了阳光,阳光透过树丛忽闪忽闪的,仿佛在嬉戏。曼特轻轻地吹着口哨。我的身子随着颠簸的汽车左右摇摆,每拐一次弯,依沃娜的脑袋都要落到我的肩上。

在斯波尔亭体育场的饭厅里只有我们三人，这个旧时的柑橘园被一株垂柳和杜鹃花坛遮去了阳光。曼特向依沃娜解释说，他必须去日内瓦，可能晚上回来。我寻思，他们可能是兄妹。但他们不是，他们的长相一点也不像。

十来个人走进了餐厅，他们是一伙的。他们在我们旁边选了一张桌子坐下。他们刚从海滩回来。女的身穿宽大的色彩艳丽的毛巾布衬衫，男的则穿着浴衣。其中一位男子在大声地向他们大伙说话。他个子最高，身体最强健，长着一头鬈曲的金发。曼特摘掉墨镜，脸色煞白。他指着那个满头金发的大个子，声音尖脆，差不多在咆哮了：

"瞧，那就是卡尔东……是本地最下流的婊子……"

那人佯装没听见，但他的朋友都把脑袋转向我们这边，一个个目瞪口呆。

"你听见我刚才说的话吗，卡尔东？"

餐厅里出现了数秒钟的沉寂，绝对的寂静。那名身强力壮的男子低下了头，他身边的人都在发呆。相反，只有依沃娜连眼睛都不眨一下，仿佛她对这类事情已习以为常了。

"别怕，"曼特俯身对我喃喃道，"没什么，什么事也没有……"

曼特的面孔变得平滑、幼稚，再也见不着丝毫的抽搐。我们继续谈话。他问依沃娜：想不想让他从日内瓦捎点什么东西回来。巧克力？土耳其香烟？

他在斯波尔亭体育场的门口与我们分手。他说晚上九点钟我们可以在饭店里再见。他和依沃娜谈到一个叫马德加（或马德雅）的人在湖畔别墅举行晚宴。

"您跟我们一起去，好吗？"曼特问我。

我目视他迈着不规则的脚步朝道奇车走去，就像第一次那样启动马达，汽车又一次擦过饭店的大门，然后消失了。他向我们扬起手臂，没有回头。

我与依沃娜单独待在一起。她提议去卡西诺花园里转转。狗在前面走，显得越来越疲倦。有时，它干脆在路中间坐下来，必须喊它的名字"奥斯瓦尔德"，它才会继续上路。她向我解释说，它不走并非因为懒，而是伤感，使它显得无精打采。这种德国种看门犬已经非常罕见，它们全都染上了先天性的忧郁症和厌世情绪。有些狗甚至会自杀。我很想知道她为什么要养一只性情如此阴郁的狗。

"因为它们比别的狗都要优美。"她激动地回答。

我立即想到哈布斯堡家族，他们也像这只狗一样，属于既敏感又忧郁的动物。人们将此归咎于他们的近亲婚姻，把他们沮丧的情绪称作"葡萄牙忧郁症"。

"这条狗患的是'葡萄牙忧郁症'。"我说道。但她没有听见。

我们来到码头前面。有十来个人正在上"阿米拉-吉桑"号轮船，船员收起了跳板。几个小孩子倚在舷墙上，挥舞着小手，叫喊着。轮船驶远了。这艘破破烂烂的轮船极富殖民地色彩。

"总有一天下午，"依沃娜对我说，"我们也得乘坐这艘船。那一定很好玩，你觉得呢？"

她第一次用"你"称呼我，用一种无法解释的激动的口气说出这句话。她是什么人？我不敢问她。

我们沿着阿尔比尼林荫道往前走，梧桐树叶遮住了阳光，我们走在树荫里。路上只有我们俩。狗在我们前面二十米远的地方。它没有了往常的萎靡和忧郁，却扬起了脑袋，有时会突然偏闪一下，那姿势像骑兵竞技表演中的赛马。

我们坐在那里等候缆车。她把脑袋倚在我的肩头，我感到晕眩，就像上次我们一起坐车从卡拉巴塞尔林荫道下坡时一样，我又听见她对我说："总有一天下午……我们乘坐……船……开心，你不认为吗？"她的口音难以确定，我感到纳闷，她这是匈牙利口音、英国口音，还是萨瓦口音？缆车缓缓上升,索道两旁的植物显得越来越繁茂,快要将我们淹没了。一簇簇鲜花从缆车玻璃上压过,时不时地有一朵玫瑰或女贞树枝被缆车带走。

在埃尔米塔日饭店,她的房间里,窗户半开着,我听见网球有规律的"嘣嘣"声和远处传来的打球者的呼喊声。如果周围仍有身着白色服装的可爱而安心的笨蛋把球从网上打来打去,那就意味着地球仍在转动,我们尚有几个钟头的缓解时间。

她的肌肤上点缀着几颗淡淡的雀斑。阿尔及利亚开战了,好像是真的。

夜幕降临。曼特在大厅里等我们。他身着一件白色的麻布西服,脖子上围着一条土耳其薄绸围巾,显得很完美。他从日内瓦带了一些香烟过来,执意要我们抽一支。但我们不能再耽搁了——他说——否则的话,我们就赶不上马德加(或马德雅)家的晚宴了。

这一回,汽车从卡拉巴塞尔林荫道全速而下。曼特口中叼着烟嘴,拐弯处照样加速,我真不知道出了什么奇迹使我们安然无恙地驶上了阿尔比尼林荫道。我转向依沃娜，惊异地发现她的脸上不带丝毫的恐惧，在汽车急闪时，我甚至听见她的笑声。

我们要去的那一家的主人马德加（或马德雅）是何许人？曼特向我解释说，此人是奥地利导演，刚刚在本地——确切地说是拉·克路沙兹——一个离这里有二十公里远的滑雪场——拍完了一部电影，依沃娜在该片中担任了一个角色。我的心跳加快了。

"你是演电影的？"我问她。

她笑了。

"依沃娜会成为一名非常伟大的演员的。"曼特边说边将油门踩到了底。

他说的当真？电——影——演——员。也许，我已经在《电影世界》杂志或《电影年鉴》上看见过她的剧照。在辗转难眠的夜晚，我浏览着那本从日内瓦一家老书店最里层找到的《电影年鉴》，我终于想起一些演员和技师的姓名和地址。今天，我的脑海里又浮现出一些往事的片断：

朱妮·阿斯托尔：贝尔纳和弗洛格尔摄影。布宜诺斯艾利斯大街1号——巴黎七区。

萨比娜·吉：特迪·比亚兹摄影。喜剧——巡回演唱——舞蹈。

电影：《地下工作者》、《女人发号施令》、《灾难小姐》、《手铐波尔卡舞①》、《你好，大夫》，等等。

萨夏·戈尔迪纳导演：斯彭第尼大街19号——巴黎十四区——K.L.E.77—94。
萨夏·戈尔迪纳先生，德国人。

依沃娜是不是有一个我不知道的"艺名"？听到我的提问，她低声说"这是个秘密"，并把食指压在唇边。曼特笑着补充道：

"您明白，她在此隐姓埋名。"
他的笑声尖脆而又让人不安。
汽车沿着湖边的公路行驶。曼特减慢车速，打开了收音机。空气和煦，我们从丝一般柔滑、明亮的夜色中穿过，这以后我再也没有遇到过那样的夜晚，除非是在梦中的埃及或佛罗里达。狗把下巴放在我的肩上，热热的气息直冲

---

① 一种轻快的波兰或捷克民间舞蹈。

我而来。右边的花园一直沿着湖畔延伸。从夏瓦尔开始，公路两旁种植着棕榈树和意大利五针松。

汽车绕过维利埃-杜拉克村后，开始爬坡。大门在公路的下边。一块木牌上标着：梯耶尔别墅（名字跟我所住的那家公寓的名字一样）。一条两旁栽满无人照管的乱糟糟的树木和花草的、相当宽阔的砾石路通向别墅的大门。这幢高大的白色建筑是拿破仑三世时代风格的，挂着粉红色的百叶帘。几辆汽车并排着停在那里。我们穿过前厅，走向一个肯定是客厅的房间。客厅里，两三盏电灯洒下柔和的灯光，我隐隐约约地看见十来个人，一些站在窗户边，另一些则倒在一张白色的沙发上，我感觉这张沙发是客厅里仅有的家具。他们自斟自饮，热烈地用德语和法语交谈着。一台电唱机直接放在地板上，正放着一首悠缓的乐曲，曲子里还伴有一名歌手极为低沉的歌声，它一遍又一遍地重复着：

噢，比荣达女孩……
噢，比荣达女孩……
比荣达女孩……

依沃娜挽住我的胳膊。曼特朝四周迅速地瞟了几眼，好像在寻找某个人。但这群人中没有人注意我们。我们经过一扇落地窗，来到一座围着绿色木栏杆的阳台上，阳台上摆放着折叠式帆布躺椅和柳条椅。一只中国灯笼映照出类似镂空花边和绲带的错综复杂的影子，依沃娜和曼特的面孔上顷刻间仿佛蒙上了短面纱。

下面的花园里，许多人挤在一张被酒菜压得摇摇欲坠的菜台周围。一位身材高大的金发男子朝我们打了一下手势，然后拄着拐杖朝我们走来。他身上的棉布衬衣是米色的，领口敞得很开，恰似一件撒哈拉式的帆布短袖上衣，我想起了以前人们在殖民地碰到的那些拥有一段"历史"的人物。曼特把他介绍给我：罗夫·马德加，"导演"。他俯身亲吻依沃娜，把手放在曼特的肩上。他叫曼特"芒特"，夹带半英国半德国口音。他领着我们径直走到酒菜台子边，那个身材跟他一样高的金发女子瓦尔吉利亚是他的妻子，她目光呆滞（她盯着我们却好像看不见我们，或者目光越过我们注视某样东西）。

我和依沃娜留下曼特和一个体格像登山运动员一样的年轻人待在一起，我们则在人群中穿梭。她拥抱所有的人，当有人问她我是谁时，她便回答："一位朋友。"如果我没理解错的话，这些人中的绝大多数都拍过"电影"。他们在花园里散开了。那里看得非常清楚，因为月光皎洁。沿着杂草丛生的小路往前走,可以看见一棵挺拔的雪松,样子很可怕。我们来到一堵围墙边,能听见墙后湖水的拍打声,我们在墙边待了很长一段时间。从这里可以看见那座耸立在废弃的花园中间的房子,人们十分惊异于它的存在,仿佛刚刚到达南美洲的一座古城,仿佛城里的一座洛可可风格歌剧院、一座大教堂和众多的新颖别致的用卡拉尔大理石建造的饭店如今已被原始森林覆盖了一样。

在花园里冒险的宾客们中间,我们是走得最远的,只有依稀可辨的两三对男女躲在繁茂的矮树丛中享用夜色。其他人则都站在那幢房子前面或阳台上。我们重新回到他们中间。曼特在哪里?也许在里面,在客厅里。马德加来到我们身边,用半英国半德国的口音跟我们说,他愿意在这里待上半个多月,但他必须到罗马去。九月份,"当这部影片剪辑完毕",他将重新租下这幢别墅。他搂着依沃娜的腰肢,我不知道他是否会在她身上乱摸,抑或他的动作是否带有父亲爱抚女儿的色彩。

"她是一名非常优秀的演员。"

他注视着我,我发现他的眼睛里有一团迷雾,越来越浓重的迷雾。

"您叫克马拉,对吗?"

迷雾突然消散了,他的两眼闪耀着蓝色的金属般的亮光。

"克马拉……肯定是克马拉,对吗?"

我低声回答道:"是的。"他的两眼再次失去了刚才的犀利,又蒙上了雾气,最后完全黯然无光。无疑,他有权随心所欲地校正眼睛的光芒,就像人们调节一副双筒望远镜一样。当他想反省的时候,目光便蒙上了水汽,外面的世界即变成模糊的一片。我熟知这种伎俩,因为我经常使用。

"从前在柏林有个克马拉,那个时候……"他说道,"依尔丝,是不是这样?"

他的妻子躺在阳台另一头的一张帆布椅上,正跟两个年轻人说话。她微笑着转过身来。

"是不是啊,依尔丝?那时,在柏林,也有一个克马拉。"

她看着他,仍在微笑。然后,她掉过头去,继续和年轻人说话。马德加耸了耸肩膀,两手握紧了拐杖。

"是的……是的……那个克马拉住在皇帝大街……您不相信吗,嗯?"

他站起身,摸了一下依沃娜的脸蛋,然后朝绿色木栏杆走去。他在那里站着,凝望着月下的花园,显得很迟钝。

我们靠在一起,在两只墩状的软垫上坐下,她将脑袋搭在我的肩上。一名年轻的棕发女子递给我们两杯斟满的玫瑰红色的酒,她那件凹形的短上衣使她露出了双乳(每一次动作幅度稍大一点,两只乳房都会从她那件袒胸露肩的衣服里跳出来)。她朗朗大笑着,拥抱依沃娜,用意大利语请我们喝她"特别为我们准备"的两杯鸡尾酒。如果我没记错的话,她叫德丝·马尔茜,依沃娜告诉我,她在那部"影片"中担任主角。她也要从事一项伟大的事业。她在罗马一举成名。这时,她大笑着从我们身边走开,甩着长长的头发,走向一位五十岁左右、身材颀长、满脸都是麻点的男子。他站在落地窗下,手上端着一只酒杯。他叫哈利·德雷塞尔,荷兰人,也是"影片"的演员之一。其他人霸占了柳条椅,或者倚在栏杆上。几个女人围着马德加的妻子,她总是那样笑意盈盈,心不在焉。一阵喃喃的说话声,一支节奏缓慢的、令人作呕的庸俗乐曲从落地窗中飘出来,歌手随着曲子反复地低吟:

灯罩
散发出蓝光

马德加呢,他陪着一名个头只到他腰部的秃头男子在草地上踱步,他不得不俯下身子跟他说话。他们俩在阳台前面走来走去,马德加的身子越来越沉重,越来越弯曲,与他交谈的那位男子则踮起脚尖,越来越紧张。他的嘴里发出大胡蜂的嗡嗡叫声,他用人的语言发出的唯一的句子是:"瓦——伯纳——罗尔夫……瓦——伯纳——罗尔夫……瓦——伯纳——罗尔夫……瓦伯纳罗尔夫……"依沃娜的那只狗坐在阳台边上,那副姿态酷似埃及的狮身人面像,脑袋从右转到左,从左转到右,看着他们走来走去。

我们在哪里?在上萨瓦省的心脏。我枉然地重复这句让人安慰的话语:"在上萨瓦省的心脏。"我更觉得像是在一个殖民地国家,或者加勒比海群岛。否则,如何解释这片温柔而又腐蚀的月光,这个使人的眼睛、皮肤、裙子和阿尔帕卡西服都光芒闪烁的蓝色夜晚?所有这些人都被一种神秘的电流包围着,人们料想着电流短路时每个人的姿态。他们的名字——有一些人至今仍留在我的记忆中——我遗憾当时没把它们全都记下来:我本该在晚上就寝之前将他们的名字熟记在心,虽不知他们属于哪一种类型,他们名字的发音组合于我足矣——他们的名字使人想起那些设在自由港的小型国际公司和在海外设置的商行:凯·奥尔洛夫、伯尔西·利比、奥斯瓦尔多·瓦仑迪、依尔丝·科尔贝尔、罗兰·威特·冯·尼达、热那维也夫·布歇、热查·伯勒蒙、弗朗索瓦·布朗哈尔德……他们现在都变成什么样子了?在我为他们重新描述的这次聚会上,我对他们说了些什么?那个时期——现在都已经快过去十三年了——他们给我的感觉是在燃烧生命,这种感觉久久不去。我在中国灯笼的映照下观察他们,听他们交谈。灯笼使女人们的脸上和肩膀上都布满了斑点。我给每个人提供一段过去,却又与另外一些人的过去发生叠加,我真希望他们能把所有的东西都向我公开:伯尔西·利比和凯·奥尔洛夫第一次相见是在什么时候?他们两人中有谁认识奥斯瓦尔多·瓦仑迪?谁从中斡旋使马德加与热那维也夫·布歇和弗朗索瓦·布朗哈尔德建立了关系?这六个人中是谁把罗兰·威特·冯·尼达引荐到他们的圈子里的?(我只列举我记得名字的那些人)这重重谜团意味着有数不清的暗码和一张由他们编织了十年、二十年的蜘蛛网。

时间太晚了。我们去找曼特。他既不在花园里、阳台上,也不在客厅里。那辆道奇不见了。马德加陪着一名金色短发的女子在台阶上与我们交臂而过。他告诉我们,曼特刚才跟弗利兹·特朗克一起走了,肯定不会回来。他朗声大笑,笑声让我们感到吃惊。他把手按压在年轻女子的肩膀上。

"我老年的依靠,"他说道,"你明白吗,克马拉?"

然后,他突然转过身子,穿过走廊,手更加用力地压在年轻女子的肩上。他那副模样如同一名瞎眼的老拳击手。

从这一刻起,事情朝另一个方向发展了。有人熄掉了客厅里的电灯。那里只剩下壁炉上的一盏小支光夜明灯,粉红色的灯光被大片大片的暗影吞噬了。意大利歌手的歌唱完了,紧随其后的是一个女人破碎的歌声,声音越唱越嘶哑,最后谁也听不清歌词了,引人寻思这歌声是不是一个垂死的病人的呻吟,还是痛快的呼叫。但是女人的歌声突然变得清纯了,音调轻柔,同样的歌词又反复出现了。

马德加的妻子横躺在沙发中央。阳台上,围着她的年轻人中,有一个小伙子向她俯下身子,开始慢慢解开她的衬衫扣子。她盯着天花板,半张着嘴。几对男女在跳舞,他们搂得稍微紧了些,舞步也稍微规范了些。我们走过去时,我发现样子很古怪的哈里·德雷塞尔的一只手正使劲地摸着德丝·马尔茜的大腿。落地窗旁边,一项表演吸引着一群人的注意力:一个女人在独舞。她脱掉了裙子、连身衬裙和乳罩。为了消磨时间,我和依沃娜也加入到那群人中间。罗兰·威特·冯·尼达贪婪地看着她,脸孔变了样:她的身上只剩下长筒丝袜和吊袜带,在那里继续跳着。他跪在地上,试图用牙齿咬掉她的吊袜带,但每次她都躲开了。最后,她决定亲自动手把身上的附件撕掉,而后围着威特·冯·尼达继续跳舞,浑身一丝不挂;她摩擦他的身体,他却昂首挺胸,无动于衷,像斗牛士一样滑稽可笑。他那扭曲的身影映在天花板上,而那女人的影子——变得特别大——从天花板上掠过。不久,整幢别墅里就只剩下这场在黑暗中推来搡去、上楼下楼、充满欢声笑语的影子芭蕾舞了。

与客厅相连的是一个不显眼的小单间,里面摆着一张安有许多抽屉的笨重的办公桌,我猜想,它肯定在移民局的办公室里放过;房间里还有一张深绿色的皮沙发。我们躲在里面。我最后瞥了一眼客厅,依然看见马德加夫人的脑袋向后吊着(她将脖子靠在沙发的扶手上)。她那满头的金发一直拖在地上,别人很可能会以为这只脑袋是刚刚被砍下来的。她开始呻吟。我依稀可辨另一张与她的脸凑在一起的面孔。她的呻吟声越来越强烈,语无伦次地说着:"杀了我吧……杀了我吧……杀了我吧……杀了我吧……"是的,我记得所有这一切。

这间工作室的地面上铺着一块非常厚实的羊毛地毯,我们就躺在上面。我们的身边有一缕光线划出一道横穿房间的蓝灰色光束。一扇窗户半敞着,我听见一棵树微微抖动的声音,叶子擦着窗户玻璃。树叶的阴影给书架装上了一排夜色和月光的栅栏,书架上摆满了全套的"面具"丛书。

狗在门边睡着了。再也没有任何声响、任何说话声从客厅里传来。也许,所有的宾客都离开了别墅,只剩下我们俩?工作室里飘溢着一股旧皮革的芳香,我寻思着书架上的书是谁整理的。这些书归谁所有?晚上有谁到这儿来抽烟斗、工作或读小说,或谛听树叶的沙沙声?

她的肌肤抹上了一层乳白色。一片树叶的阴影在她的肩上刺出花纹。有时,叶子的阴影停在她的面孔上,她仿佛戴了半截面罩一般。阴影向下移动,堵住她的嘴巴。我多么希望白日永远也不要来临,好与她一起蜷缩在这片沉寂的水族宫般的月光中。黎明前夕,我听见一扇门的吱嘎声,从楼上传来的一阵急促的脚步声,某件家具被打翻的声音,然后是朗朗的大笑声。依沃娜仍在酣睡。守门犬在做梦,每隔一段时间就有规律地发出低沉的呻吟。我微微打开房门,客厅里没有一个人影。那盏夜明灯依然亮着,但灯光更加暗淡,也不再是粉红色的,而是变成了非常浅淡的嫩绿色。我朝阳台走去,想呼吸一下新鲜空气。阳台也一样,没有人影。那只中国灯笼依然亮着,在微风中摇摆,一些女人似的身影从墙上跑过。阳台下面是花园。我试图说出那股从树木花草中散发出的溢满阳台的清香的特点。是的,我犹豫着没说出来,因为这是在上萨瓦省:我吸着茉莉花的芳香。

我重新穿过客厅。夜明灯依然发出缓慢起伏的淡绿色的灯光。我想到了大海和人们在炎热的天气里喝的冰镇饮料:薄荷汽水。我又听见阵阵的大笑声,笑声清脆,使我震惊。笑声来自遥远的地方,突然传到这儿,我不能确定它们的位置。笑声越来越清脆、易逝。她头枕着右臂,仍在酣睡。月光照下来的青色光带横穿房间,照亮了她的唇隙、脖颈、左边的屁股和脚跟。月光在她的背上铺上一条笔直的披巾。我屏住了呼吸。

我又看见了窗户玻璃后面摇曳的树叶和这个被一缕月光截成两段的身体。为什么那时我们周遭的上萨瓦省的景致与我记忆中的那座消失了的城市,大战前的柏林叠合在一起了呢?也许是因为她在罗夫·马德加的影片中担任角色?后来我打听过马德加的情况,得知他年纪轻轻就开始在U. F. A.电影公司①工作。一九四五年二月,他开始拍摄第一部影片《两个人的彩纸屑》,那是一部非常矫饰、特别轻快的维也纳轻歌剧,他在两次轰炸中取景。电影没有拍完。我呢,如今当我回想起那个夜晚,就仿佛在从前柏林的一幢幢楼房之间漫步,沿着河堤和不复存在的林荫大道往前走。我从亚历山大广场笔直前行,穿过逍遥宫②和施普雷河。夜幕降临在那四排椴树和栗树上,降临在过往的有轨电车上。电车里空无一人。灯光摇曳。你呢,你在大道尽头的一个耀眼的绿色笼子里,阿德隆饭店的玻璃客厅里等候我的到来。

---

① 德国"全球电影股份公司"的简称。
② 一译"娱园",位于柏林主教座堂以西。

四

曼特仔细地看着那个身穿风雨衣、正在整理杯子的男子。男子终于低下头,重新专心工作。曼特站在他前面,摆出一副可笑的立正姿势,岿然不动。接着,他转身望着另外两个正注视着他的服务员,他们将下巴顶住扫帚柄,不怀好意地笑着。他们俩长得很像,让人吃惊:同样的金发平顶头,同样的小胡子,同样蓝色的凸眼球。他们一个向右俯身,一个向左,很对称,别人会以为他们是站在镜子前面的同一个人呢。曼特一定产生了这种错觉,因为他慢慢地走近那两个人,锁起了眉头。当他离他们只有几厘米远时,他挪动脚步从背部、侧面观察着。那两名服务员没有动,但可以猜到,他们准备动手把曼特痛打一顿,把他揍扁。曼特从他们身旁走开,朝餐厅的门口退去,眼睛一直看着他们。他们一动不动地站在那里,站在壁灯射出的昏黄暗淡的灯光下。

此刻,他正从火车站广场穿过,竖起西服衣领,左手缩在长围巾里,就好像他的脖子受了伤一样。开始下雪了。轻盈细小的雪花在空中飞扬。他走上索梅埃大街,在雷让电影院门前停住了。这家电影院正在放映一部老影片,片名是《甜蜜的生活》。曼特躲在电影院的挡雨披檐下,逐一欣赏该影片的剧照,同时从西服口袋里掏出一支烟嘴。他用牙齿咬住烟嘴,然后在其他的口袋里寻找——毫无疑问——一支骆驼牌香烟。但他找不出来。这时,他的面孔开始抽搐,总是那样:左颧颊收缩着,下巴猛烈地抽动,比十二年前更加缓慢,更加痛苦。

他似乎在犹豫该走哪一条路,是穿过马路从沃格拉大街插到王家大街,还是继续沿着索梅埃大街下行?稍往下去,靠右边的地方,竖着桑特拉那块红红绿绿的招牌。曼特眯起眼睛凝望着它:桑特拉。雪花在这三个字周围飞旋、起舞,它们也变得红红绿绿的。绿色的苦艾酒那种绿,红色的金巴利酒那种红……

他弓着身子朝这片"宜人的绿洲"走去。他的两腿僵硬,要不是他努力集中精力,他定会在人行道上滑倒,就像散了架的木偶。

那位身穿格子外套的顾客仍在那里,但不再纠缠那名女招待了。他坐在最里边的一张桌子边,用食指打着拍子,非常小声地重复着:"兹姆……嘣——嘣……兹姆……嘣——嘣……"像一位高龄老太婆的声音。女招待则在读一本杂志。曼特爬上一张凳子,把手放在她的前臂上。他低声地说道:

"小乖乖,给我来杯波尔图葡萄酒。"

五

我从梯耶尔公寓搬了出来,跟她一起住在埃尔米塔日饭店。

一天晚上,曼特和她一起来接我。我刚吃完晚餐,便在客厅里等候。我坐在一名男子的旁边,就是脑袋酷似那种忧郁的、长毛垂耳的西班牙种猎犬的那个人。其他人开始玩卡纳斯塔纸牌。女人们正跟布法兹夫人聊天。曼特站在大门下面。他身穿一套浅粉色的西服,西服口袋里吊着一条深绿色的手绢。

他们一起朝他转过身子。

"女士们……先生们……"曼特低着头小声说道。然后,他朝我走来,身体笔挺:"我们在等您。您可以让人把您的行李拿下来。"

布法兹夫人突然问我：

"您要离开我们吗？"

我垂下了眼睛。

"夫人，这是迟早的事。"曼特以一种无可辩驳的语气回答道。

"但他起码可以提前告诉我们一下。"

我心里明白这位女人突然很恨我了。她会随便找个借口毫不迟疑地将我送到警察手里。我为此很悲伤。

"夫人，"我听见曼特在回答她，"这位年轻人在这里无事可做，他刚接到比利时王后签署的命令，肩负使命。"

大厅里的那些人手执扑克牌，愣愣地望着我们，那些经常与我同桌的人则以一种既惊奇又厌恶的神情审视着我，仿佛他们刚刚发现我不是人。人们在窃窃私语，对"比利时王后"进行影射。这时，曼特无疑是想顶住与他对抗的布法兹夫人，他环抱双臂一字一板地说道：

"夫人，您听见了吗？是'比利时王后'……"窃窃私语声越来越多，我的心被揪紧了。这时，他猛一跺脚，仰头以极快的速度说道：

"夫人，我没有把详情告诉您……我就是比利时王后……"

他的话激起了愤怒的叫喊声和愤怒的举动：大部分房

客都站起身来,组成充满敌意的群体,站在我们的面前。布法兹夫人向前跨了一步,我担心她会甩曼特一记耳光,或者甩我一记耳光。我觉得后一种可能很自然:我认为自己是唯一应该负责任的人。

我很想请求这些人原谅我,或者有一根魔杖把刚才发生的事情从他们的记忆中一笔勾销。为了不被人注意而躲在一个安全的地方,我所做过的这种种努力顷刻之间都化为乌有。我甚至不敢朝大厅看最后一眼。晚饭后的那段时间如此平静,而我的心却是那样焦虑不安。有片刻工夫,我恨死了曼特。为什么要让这些有定期利息或年金的富人、这些玩卡纳斯塔牌的顾客们懊丧和惊愕呢?他们让我安心。有他们的相随,我什么危险也没有。

布法兹夫人一定很想朝我们的脸上吐满唾沫,她的嘴唇越抿越紧。我现在原谅她了。我背叛了她,可以这么说。我摇动了梯耶尔公寓这座宝贵的时钟。如果她现在还能认出我(对此我深表怀疑。首先,梯耶尔公寓已不复存在),我希望她知道,我并不是个坏小子。

该把"行李"搬下来了,下午我就打点好了。我的行李包括一个柳条柜和三只大皮箱。箱子里装着很少的几件衣服、我所有的藏书、旧皮鞋和这几年的《竞赛》、《电影世界》、《音乐厅》、《侦探》、《黑与白》杂志。这些行李十分沉重。曼特想搬动那个柳条柜，却差一点没被它压扁。我们费了九牛二虎之力才把它放倒。然后，我们花了近二十分钟时间把它拖过走廊，拖到楼梯平台上。柳条柜重重地压在我们身上，曼特在前面，我在后面，累得喘不过气来。曼特横躺在地板上，双臂交叉，两眼紧闭。我回到房间，好歹也摇摇晃晃地将三个大皮箱搬到了楼梯口。

电灯熄了。我摸索到电灯开关，但无论我怎么揿都是枉然，楼道依然是漆黑一团。下面，客厅半开着的门缝透出一缕朦胧的灯光，我看见半开着的门边里探出一只脑袋，我可以肯定，那是布法兹夫人。我恍然大悟，肯定是她取掉一根保险丝，迫使我们在黑暗中搬运行李。她的所作所为让我歇斯底里地疯笑了一场。

我们将柳条柜推出半截到楼梯上。柳条柜在第一级踏板上稳稳当当地停着。曼特紧紧抓住楼梯栏杆，狂怒地踢了一脚：柳条柜滑下去了，每到一级都要弹跳一下，发出可怕的声音。别人可能以为楼梯要坍塌了。布法兹夫人又从客厅半开着的门洞里侧身探出脑袋，旁边还有另外两三个人的脑袋。我听见那些尖声急叫的声音："看看这两个卑鄙的家伙……"有人嘘声重复道："叫警察。"我一只手拎着一只皮箱，开始下楼。我什么也看不见。而且，我更愿意闭上双眼，低声数数，给自己打气。一、二、三，一、二、三……假如我在楼梯上绊了一下,我就会随着皮箱一起滚到底层,摔得粉身碎骨。不可能停下了。我的锁骨快要裂开了。我又开始了那可怕的疯笑。

灯又亮了,令我目眩。我发现自己已到了底楼,傻乎乎地被夹在两只皮箱和柳条柜中间。曼特拎起另一只皮箱(那只皮箱稍轻一些,因为里面只装了一些洗漱用具),跟在我身后。我很想知道是谁赋予我力量,让我活着到了楼下。布法兹夫人把账单递给我。我结了账,不敢正眼看她。然后,她走进大厅,"咣当"一声把身后那扇大门关上了。曼特靠在柳条柜上,用卷成一团的手绢揩着脸,动作干净利落,像一个女人在脸上扑粉。

"老兄,该接着干,"他指着行李对我说道,"接着干……"

我们将柳条柜拖到台阶上。那辆道奇车停在梯耶尔公寓的大门边,我察觉到依沃娜坐在前座的身影。她在抽烟,朝我们打了个手势。我们终于把这个柜子抬到汽车的后座椅上。曼特趴在方向盘上。我回去拿另外三只放在前厅的皮箱。

一个男子一动不动地站在接待处前面:就是脑袋长得像长毛垂耳的西班牙种猎犬的那个人。他朝我走来,站在我面前。我知道他有话跟我说,但他说不出来。我以为他会汪汪乱叫,发出势必只有我能听见的拖长的轻微的呻吟声(梯耶尔公寓的房客们继续玩卡纳斯塔牌或者闲聊)。他站在那里,眉头紧锁,半张着嘴巴,费了老大的劲想跟我说话。或许,是他感到恶心却又吐不出来?他弯着腰,几乎喘不过气来。几分钟后,他恢复了平静,便低沉着声音对我说道:"您走得正是时候。再见,先生。"

他向我伸出一只手。他穿着一件粗花呢外套,一条淡褐色的裤脚翻边的长布裤。我欣赏他那双淡灰色的、胶底非常非常厚的麂皮鞋。我能肯定,我在住进梯耶尔公寓之前见过此人,这要追溯到十多年前。突然……是的,没错,穿着同样的皮鞋。这个向我伸出一只手的人也就是在我童年时代曾让我无比惊奇的人。一到星期四或星期天,他便拿着一只微型小船(依照康堤基号帆船[①]的模型所仿制)来到杜伊勒里花园。他看着小船拐弯穿过水塘,变换着观察哨;当小船搁浅在石头上时,他便用一根竹竿推开它,检查桅杆和船帆是否牢固。有时一群小孩甚至大人跟在他的身后,他便偷偷地看他们一眼,好像不相信他们有这样的反应。每当有人问到这只船时,他嘟嘟哝哝地说道:是的,制作一艘"康堤基"小船是一项非常漫长、非常复杂的工程。他一边说话一边抚摸着这只玩具船。接近晚上七点

---

① 挪威人类学者、海洋生物学者、探险家托尔·海尔达尔(1914—2002)制作的一艘帆船。

钟时,他拿着小船,坐在凳子上,用一条圈毛毛巾擦拭船身。随后,我看见他径直朝日沃里大街走去,他的"康堤基"被夹在腋下。从此,我时常会想起这个在黄昏时离去的身影。

我会让他回想起我们的相遇吗?无疑,他已丢失了那只小船。轮到我对他说:"再见,先生。"我牢牢地抓着两只皮箱,慢慢穿过花园。他在我身边,默默地跟着。依沃娜坐在道奇车的挡泥板上,曼特则坐在方向盘后面,头仰靠在座椅背上,双目紧闭。我将两只皮箱放在汽车尾部的行李箱里摆好。身边的那个人饶有兴趣地观察着我的一举一动。当我再次穿越花园时,他走在我前面,不时地回头看看我是不是跟在后面。他拿起最后那一只皮箱,对我说道:"请允许我……"

这只皮箱最重,里面放了我的高帮皮鞋。每走一段,他都要放下箱子歇一口气。每次我动手去提箱子,他总是对我说:

"别客气,先生……"

他想独自一人把皮箱放在后座上。他费了好大的力气才把箱子放上去,而后便站在那里。他晃着胳膊,满脸通红。他对依沃娜和曼特一点儿也不在意。他愈来愈像一条长毛垂耳的西班牙种猎犬。

"嗯,先生,"他低声道,"……祝您好运。"

曼特轻轻启动马达。在汽车拐第一个弯道时,我回过头。他站在马路中间的一盏路灯下,灯光照着他那宽大的粗花呢上衣和淡褐色翻边长裤。总之,他的身上只少了那只夹在腋下的"康堤基"小船。在你生活的每一个十字路口——总有许多同样神秘的人——站在那里目送你。

六

她在埃尔米塔日饭店订了一间卧室,外加一间客厅。客厅里摆着三张印花布沙发、一张桃花芯木圆桌和一张长沙发。客厅和卧室的墙壁都贴了一层如尤维①的麻布一样逼真的彩色墙纸。我请人把柳条柜立放在房间的角落里,伸手即可拿到装在抽屉里的所有东西。抽屉里有粗毛线衫和旧报纸。我亲自把那几只皮箱推进浴室的最里边,没有打开箱锁,因为我随时都必须做好离开这里的准备,必须把任意留居的房间看作临时避难所。

再说了,我的衣服、书籍和高帮皮鞋又能放在哪儿呢?她的裙子和皮鞋把所有的柜子都塞得满满的,一些衣裙和

---

① 法国荣纳省一市镇。

皮鞋甚至堆在扶手椅和客厅里的沙发上。那张桃花芯木圆桌上摆满了化妆品。我寻思，这就是一个女演员在饭店里住的房间，就像《电影世界》或《女明星》杂志中所描述的那样乱七八糟。我读过这些杂志，对此印象颇深。我在做梦。于是，为了不至于吵醒自己，我避免举止过于粗鲁，避免自己的提问过于具体。

我记得，从第一个晚上起，她就要我阅读刚刚拍完的由罗夫·马德加导演的那部影片的剧本。那时，我非常激动。片名是《来自山里的情书》，写的是一个名叫科特·维斯的滑雪教练的故事。冬天，他给在福拉尔贝格山这座漂亮的滑雪场度假的外国富婆富姐上课。他利用自己褐色的皮肤和高大俊美的身材引诱她们。最后，他却疯狂地爱上了其中一位女子，她是匈牙利一位工业家的妻子。她也喜欢上了他。他们去该滑雪场最"漂亮"的那家酒店，在其他女人嫉妒、羡慕的目光下起舞，一直到凌晨两点。然后科特和蕾娜在波奥饭店一起过夜。他们海誓山盟，要让他们的爱情地久天长；他们谈起他们将来在一座与世隔绝的山区小木屋里的生活。她要走了，去布达佩斯，但她许诺她将以最快的速度回到他身边。"现在，银幕上，大雪纷飞；之后，瀑布在欢唱，树枝上长满了新芽。春天到了，不久就是夏天。"科特·维斯真正的职业是泥瓦匠，他重操旧业，人们很难认出他就是冬季里的那个漂亮的、褐色皮肤的滑雪教练。每天下午,他都要写封信寄给蕾娜,徒劳地等候她的回音。当地的一位女子经常去看他。他们一起漫步,走到很远的地方。她爱他,但他却对蕾娜思念不止。我忘记了剧情是如何突变的,高潮结束后,科特为了这名年轻女子(依沃娜饰演),对蕾娜的回忆渐趋淡薄。他明白自己没有权利忽视身边这位女子给予的如此温柔的关怀。最后一幕,在夕阳下的大山深处,他们俩拥抱在一起。

一座冬季运动场以及那里的风俗、那里的常客组成的画面在我看来被描绘得"栩栩如生"。至于那个由依沃娜扮演的年轻女子,"对初次登台的人来说是个漂亮的角色"。

我把自己的想法告诉她,她聚精会神地听着。我为此感到自豪。我问她,我们什么时候能看到这部影片。她告诉我,在九月份之前是看不到的,但马德加肯定会从现在起的十五天内在罗马上映该片,那是"一段接一段的工作样片"。那样的话,她会带我去那里,因为她非常想知道我对她的"表演"有何感想……

是的,当我努力回忆起我们的"共同生活"刚开始的那些时日,我总会听到我们关于她的"职业生涯"的谈话,仿佛是在听一盒旧磁带一样。我想把自己变成一个风趣的人,向她献殷勤……"马德加导演的这部影片对您非常重要,但现在要找一个能让您真正发挥才能的人……一个天才的年轻人……比方说，一个犹太人……"她对我的话越来越专心。"您这么以为吗？"——"是的，是的，我可以肯定。"

她一脸的单纯让我吃惊，虽然我才十八岁。"您真的这么认为吗？"她问道。卧室里，我们四周的东西越来越乱。我想，我们有两天没出门了。

她是从哪里来的？我很快就明白她不住在巴黎。她谈起这座城市时，就像谈一座她几乎陌生的城市。她在波荣大街的维恩德索尔-雷诺尔德饭店逗留过短暂的两三天时间。我对这家饭店记忆犹新：我的父亲在突然离奇失踪之前，就是在那里和我见的面（我已忘记最后一次看到他是在维恩德索尔-雷诺尔德饭店的大厅里，还是在卢特西亚饭店的大厅里）。

除了维恩德索尔-雷诺尔德饭店，她只记得巴黎的莫尔上校大街和波塞柔尔林荫大道，那里有她的"朋友"（我不敢问她是哪些朋友）。相反，她经常提到日内瓦和米兰。她在日内瓦和米兰工作过。但那是什么样的工作呢？

我偷偷看过她的护照，法国籍。住在日内瓦，多尔西耶尔广场6号乙。为什么？让我大吃一惊的是，她出生于我们相识的上萨瓦省的这座城市，是巧合吗？或者她的原籍是萨瓦省？她还有家人住在这里吗？我冒着危险，间接地向她提了一个这一类的问题，但她想对我隐瞒某些事情。她的回答很含糊，她对我说她在外国长大。我没有再追问。我寻思，随着时间的推移，我终究会把一切都弄清楚的。

她也向我提问题。我是不是在这里度假？要待多长时间？她说，她一下子就猜到我是从巴黎来的。我告诉她，"我的家人"（一说到"我的家人"，我就感到一种精神上的满足）坚持要我休养几个月，因为我的身体很"虚弱"。我向她解释这些的时候，仿佛看见一间镶了护壁的房子里有十来个非常严肃的人围坐在桌子边，召开"家庭会议"，要对我的事情做出决定。这房子的窗户面朝马勒舍尔波广场，我即属于马勒舍尔波这个古老的资产阶级犹太家族，我的祖辈一八九〇年前后就在蒙梭平原定居下来。她突然问我："克马拉，这是个俄罗斯姓氏。您是俄国人吗？"于是我想到了别的事情：那里，祖母和我，我们一起住在星形广场附近的底楼里，更准确地说是在洛尔-比荣大街，或巴沙诺大街（我需要准确的细节）。我们出售"祖传家宝"，以此为生，或者把它们存放在皮埃尔·夏龙大街的小额质押贷款处。是的,我是俄罗斯人,我名叫克马拉伯爵。她显得很震惊。

有那么几天,我不再害怕什么东西,也不再害怕什么人。后来,恐惧感又回来了。这是一种从前延续下来的一阵阵像针扎似的痛苦。

从饭店里出来的第一天下午,我们乘坐"阿米拉尔-吉桑"号船绕湖转了一圈。她戴着一副镜架特别大的太阳镜,镜片是镀了银的,不透明,就像镜子一样,能从上面看到人像。

轮船懒洋洋地行驶,穿过湖面到达圣约利奥兹至少用了二十分钟时间。阳光炫目,我眯起了眼睛。我听见从远处汽艇上传来的窃窃私语声和游泳的人们的喊叫声、欢笑声。一架观光飞机经过,在较高的空中拖着一面狭长的小旗,我看见小旗上神秘莫测的文字:乌丽冈杯……在我们靠岸——不如说是"阿米拉尔-吉桑"号船撞到码头上——之前,轮船折腾了很长时间。有三四个人上了岸,其中有一位穿鲜红色长袍的神父。轮船继续巡航。它负载过重,马力不足。过了圣约利奥兹后,轮船径直开往一个名叫瓦朗的地方。然后就是卢萨兹港,再过去便是瑞士。但它会及时地向后转,到达湖的另一边。

风把她的一绺头发吹到了前额上。她问我,她是否会成为伯爵夫人,我们会不会结婚。她打趣地说着这些话,我从这种语气的后面察觉出她那种强烈的好奇心。我回答说,她的名字会是"依沃娜·克马拉伯爵夫人"。

"但克马拉真是俄国人的姓氏吗?"

"格鲁吉亚人,"我对她说道,"格鲁吉亚人……"

当轮船在维利埃-杜拉克港停下时,我认出了远处马德加的那幢白色、粉红色的别墅。依沃娜也凝望着那一边。我们的身旁有十来个年轻人坐在甲板上。他们大部分身着网球服,女孩子则穿着白色的褶裙,露出两条肥腿。他们的口音里都带有齿音,这种口音是在拉纳拉格附近和布戈大街练出来的。我纳闷,这些法国上流社会的男孩和女孩为什么有的满脸粉刺,有的又身体超重。这些可能是因为他们的饮食。

这群年轻人中有两个人正在谈论邦肖-贡查勒斯网球拍和斯巴尔丁网球拍各自的优点。那个说话像连珠炮似的小伙子长着络腮胡子,衬衫上还装饰着一枚绿色的小鳄鱼。专业性的谈话,无法理解的词语。阳光下,温柔而又催眠的嗡嗡声。金发姑娘中有一个女孩对另一个身穿小盾形纹运动衣、脚穿便鞋的棕发小伙子不无动心,小伙子则在她面前极力地卖弄。另一位金发姑娘则宣布"后天晚上举办家庭舞会",还有"父母会把别墅留给他们用"。湖水撞击船体的声音。飞机又回到我们头顶上,我们又看见那面狭窄的小旗上的那几个奇特的字:乌丽冈杯。

他们全部(如果我没听错的话)都去芒顿-圣贝尔纳网球俱乐部。他们的父母在湖畔拥有别墅。我们呢,我们去哪儿?我们的父母呢,他们都在哪里?依沃娜也像我们的邻座一样,属于"上流社会家庭"吗?我呢?我的伯爵头衔毕竟是另外一码事,就像一枚绣在白衬衫上的绿色小鳄鱼。"有维克多·克马拉先生的电话。"是的,这声音像钹一样动听。

我们跟他们一起在芒顿上岸。他们走在我们前面,手上拿着网球拍。我们沿着一条两边建有许许多多别墅的马路行走,这些别墅的外观令人回想起山里那些木屋式别墅,一个个爱幻想的资产阶级家族,已经有几代人在那里度过假。有的时候,这些屋子被一丛丛英国山楂树或枞树覆盖了。普利麦费尔别墅,爱德尔维丝别墅,雷·夏姆瓦别墅,玛丽-罗丝别墅……那群年轻人拐向左边的一条小路。小路一直通向一个铁丝网围起的网球场。他们的嗡嗡声和笑声渐渐小了。

我们呢,我们拐向右边。一块木牌标示着:芒顿大饭店。

一条私人马路陡峭地通向一个镶着砾石的瞭望台。那里的视野跟埃尔米塔日饭店的阳台的视野一样广阔,但那里更加凄凉。湖边,靠近这一边的湖畔一带仿佛荒无人烟。这家饭店的历史非常悠久。大厅里种着绿叶植物,摆着藤条沙发和包有苏格兰花呢的肥大的长沙发。七八月份,人们携家带口来到这里。登记簿上是排成行的同样的姓氏,非常规范的双姓法国姓氏:塞尔让-德尔瓦尔、阿梯埃-莫尔、帕基埃-帕纳尔……当我们订好房间后,我想,"维克多·克马拉伯爵"这个称号将在登记簿上留下一块油脂样的污块。

在我们的周围,有许多孩子,他们的母亲,他们的祖父祖母,所有的人举止都特别端庄,他们拎着装满坐垫和圈毛毛巾的袋子准备出发去海滩。一个身穿土黄色军服颜色的衬衫、敞开胸口、头发非常短、皮肤棕色的大个子的四周围着几个年轻人。他拄着拐杖,年轻人在向他提问。

卧室在拐角处。卧室的一扇窗户面朝瞭望台和湖水,另外一扇窗户被堵死了。一面活动穿衣镜,一张铺着花边桌布的小桌子。一张铜制横档的床。我们待在卧室里,直到夜幕降临。

从饭店里穿过时,我看见他们在餐厅里用晚餐。他们都是城里人的打扮,连孩子们都打着领带,身穿小裙。至于我们,阿米拉尔-吉桑号船上只有我们两个乘客。轮船穿过湖水，速度比来的时候更慢。它在那些空无一人的码头上停下，而后又开始像筋疲力尽的破船一样巡航。一幢幢别墅的灯火在青枝绿叶间闪亮。远处，是被探照灯照亮的卡西诺。那天夜里肯定有一场宴会。我真希望这艘船能在湖中央停下来，或停靠在一座半废弃的码头边。依沃娜睡着了。

　　我们经常与曼特一起在斯波尔亭用晚餐。餐桌摆设在露天里，铺着白桌布。每一张桌子上都摆有几盏双灯罩电灯。你认识那幅一九三九年八月二十二日在戛纳举行的"小白床"舞会上吃夜宵时拍摄的照片（我父亲也在其中，位于这个已经消失的阶层之中）和一九四八年七月十一日在开罗卡西诺饭店的"泳装美人"选美晚会上拍摄到的、年轻的英国小姐凯·欧文吗（她的照片我保存至今）？那么，那一年，这两张照片本来是可以在斯波尔亭拍摄的，在我们用晚餐的地方，一样的背景，一样的"蓝色"夜晚，一样的人们。是的，我认识其中的某些人。

　　曼特每次都要换穿一件颜色不同的无尾礼服，依沃娜则穿着平纹布或绉绸长裙。她喜欢戴圆帽和长围巾。我不得不总穿着我唯一的法兰绒西服套装，系着那条"国际酒徒"领带。刚开始，曼特带我们去湖畔的圣罗兹夜总会，确切的位置是在芒顿-圣贝尔纳后面的瓦朗。他认识夜总会里那位名叫布里的经理。他告诉我,这位经理已经被剥夺居留权。但这个大腹便便、目光柔媚的男子似乎是温柔的化身。他说起话来"资知"不分。圣罗兹是个非常"漂亮"的地方。在那里能找到和斯波尔亭那里一样有钱的避暑者。人们在绿廊阳台上跳舞。我现在仍然记得,我将依沃娜紧紧拥在怀里,心想永远也不能没有她的秀发和肌肤的芳香。乐手们正在演奏《男士无尾晚礼服》。

总的说来,我们生来就是为了相聚,为了情投意合。

我们很晚才回去,狗在客厅里睡觉。自从我与依沃娜在埃尔米塔日饭店同住以来,它的忧郁与日俱增。每隔两三个小时——跟节拍器一样有规律——它便在卧室里兜圈子,然后重新趴在地上睡觉。在进入客厅之前,它站在卧室的窗户前,停上几分钟,坐下来,竖起耳朵,目光也许在追寻穿越湖面的阿米拉尔-吉桑号轮船,要不就是在凝视窗外的景色。我对这个畜生的忧郁而谨慎的印象强烈,我无意间发现它担任夜间警卫的职务,为此激动不已。

她穿了一件有橘黄色绿色阔条纹的海滩浴衣,横躺在床上抽烟。床头柜上面,口红或香水瓶边总放着几沓钞票。

这些钱是从哪里来的？她在埃尔米塔日住了多久？是"别人"安排的，拍电影期间一直住在那里。可现在电影不是拍完了吗？她再三坚持——她向我解释说——在这个度假胜地过完这个"季节"。这个"季节"将会极其"绚丽多彩"的。"度假胜地"、"季节"、"绚丽多彩"、"克马拉伯爵"……是谁在使用这些充满异域风情的字眼欺骗对方呢？

也许，她需要一名伴侣？我像十八岁的年轻人一样，显得认真、殷勤、敏感、多情。刚开始的几个夜晚，我们没有谈论她的"职业生涯"时，她让我给她读一两页安德烈·莫洛亚撰写的《英国史》。每当我开始朗读时，那只德国种守门犬也马上走过来，坐在通向客厅的门边，目光庄重地端详着我。依沃娜套着海滩浴衣，躺在那里听我的朗诵，眉头微微皱着。我弄不明白，她从不读书，为什么会喜欢这种历史论著呢？她的回答模棱两可："你知道，这部著作写得非常好。""安德烈·莫洛亚是位非常伟大的作家。"我想，她是在埃尔米塔日饭店大厅里找到这本《英国史》的，对她来说，这本书已成为某种护身符或者能带来幸运的吉祥物。她经常提醒我"读慢一点"，要不就是询问某段句子的含义。她想把《英国史》背下来，记在心里。我对她说，如果安德烈·莫洛亚知道这种事会很高兴的。这一来，她又开始向我打听这个作家的情况。我告诉她，莫洛亚是位非常慈祥的犹太小说家，对女性心理非常感兴趣。有天晚上,她要我给她口授一段句子:"安德烈·莫洛亚先生,我崇拜您。我读了您写的《英国史》一书,我渴望得到您的签名。敬礼。某某·依沃娜。"

他一直没有回信。为什么?

她是在什么时候认识曼特的?他们一直就是相识的。他在日内瓦似乎也有一个套间,他们俩几乎是形影不离。曼特"多多少少"也给人看看病。我在莫洛亚写的那本《英国史》中发现一张印着"勒内·曼特医生"几个字的名片,在盥洗盆上方的墙壁搁板上的化妆品中间,有一张笺头上印着"R.C.曼特医生"的处方,上面开了一份安眠药。

还有,我们每天早晨醒来的时候,都会发现门底下塞着一封曼特的信。我现在还保存着几封信,岁月已经带走了这些信上香根草的芳香。我暗自寻思,这种芳香是来自信封,还是信笺,谁知道呢?也许是曼特所使用的墨水的气味。我信手抽出一封信读:"今晚我能有幸见到你们吗?我下午要去日内瓦。我将近九点钟时给你们打电话。拥抱你们。你们的勒内·M。"另一封信写着:"原谅我没有给你们音讯。我已经四十八小时没离开我的卧室一步了。我想,三个星期后,我就二十七岁了。我会变成一个非常老、非常老的人。再见。拥抱你们。你们的战时代母①。勒内。"而给依沃娜的信,字体更为刚劲有力:"你知道我刚才在大厅里见到谁了吗?那个'下流胚'弗朗索瓦·莫拉兹。他还想和我握手。不,决不,永远不会跟他握手。让他去死吧!"(最后几个字下面画了四条着重线)还有别的信。

他们俩经常谈论一些我不认识的人。我记下了其中的一些人名:克洛德·布朗,波洛·埃尔维欧,某位"露西",让-皮埃尔·柏索兹,皮埃尔·福尔尼埃,弗朗索瓦·莫拉兹,"卡尔东",被曼特称为"猪猡"的丹尼尔·昂德利克斯……我很快就明白,他们都是这个地方的人,这儿夏天是度假胜地,一到十月底就变成了一个没有故事的小城市。曼特说,布朗和埃尔维欧"上"到巴黎了,"露西"在拉·克路沙兹接手经营他父亲的饭店,还有这个"下流胚"莫拉兹,书商的儿子,每年夏天都跟一个法兰西喜剧院的当红演员在斯波尔亭招摇。所有这些人很可能是他们俩童年或青年时代的朋友。每次我提一个问题,曼特和依沃娜便支支吾吾搪塞过去,并且停止谈话。我于是回想起了我在依沃娜的护照中发现的东西,想象着他们俩在十五六岁时的冬天站在雷让电影院门口时的情景。

---

① 负责向士兵写信慰问、寄递包裹的妇女。

七

我也许只需找到一份由旅游事业联合会编辑的计划表就足够了——卡西诺俱乐部和一个颇具让-加布里埃尔·多麦尔哥①绘画风格的女子侧影被印成绿色,呈现在计划表白色的封面上。只要看到庆典一览表以及举行庆典的准确日期,我就能列出一些大事的编年表来。

一天晚上,我们去欢迎来斯波尔亭唱歌的乔治·乌尔默尔。这件事发生在七月初,我与依沃娜同住该有五六天了。曼特作陪。我的目光紧盯在乌尔默尔穿的淡蓝色的如同奶油般的服装上。这种天鹅绒般的蓝色有催眠的魔力,我盯着它,差点睡着了。

---

① 法国画家(1889—1962)。

曼特建议我们喝一杯。在昏暗的光线下，在跳舞的人群中，我第一次听说"乌丽冈杯"，我想起了观光飞机和它神秘狭长的小旗。乌丽冈杯把依沃娜吸引住了。这是一种选美比赛。据曼特说，要参加比赛，必须要有一辆豪华汽车。他们是用自己的道奇牌汽车呢，还是在日内瓦租一辆小汽车？（曼特已经提出了这个问题）依沃娜想碰碰运气。评审委员会由各界知名人士组成：夏瓦尔高尔夫球俱乐部老板及夫人；旅游事业联合会会长；上萨瓦省副省长；安德烈·德·富基埃尔（这名字吓了我一大跳，我让曼特重复一遍：没错，正是素有"选美比赛裁判师"之称的安德烈·德·富基埃尔，我读过他写的有趣的《回忆录》）；维恩德索尔饭店总经理桑多夫人；老滑雪冠军丹尼尔·昂德利克斯，他拥有麦热威和阿尔卑迪兹两地那些时髦的体育用品商店（就是曼特称之为"猪猡"的那个人）；一位电影导演，我忘了他的名字（加芒治或加马斯之类的名字），最后还有舞蹈家约瑟·托雷斯。

曼特想到自己将以侍奉依沃娜的骑士身份参加比赛，也非常激动。他的角色只是驾驶汽车沿着斯波尔亭砾石大道行驶，并将车停在评委面前，然后下车为依沃娜打开车门。无疑，德国狗也有份。

曼特一脸神秘，朝我挤眼睛，并递给我一个信封：参赛者名单。他们排在最后,是三十二号。"R. C.曼特医生和依沃娜·雅吉小姐"(我刚记起她的姓来)。乌丽冈杯在每年的同一天颁奖,奖赏"美丽和优雅"。组织者懂得大张旗鼓地给比赛做广告——曼特对我说——常有人在巴黎的报纸上进行点评。曼特认为,依沃娜对参赛有浓厚的兴趣。

我们从桌边起身跳舞,她忍不住问我怎么想:她是该去还是不该去参加比赛?很严肃的问题。她的眼睛流露出迷茫的神情。我看到曼特独自坐在"清澈的"波尔图葡萄酒前。他左手举在眼前,手搭凉棚,也许他哭了?他和依沃娜时不时地显出脆弱和迷惑的神情("迷惑"是最贴切的字眼)。

但她是肯定要参加乌丽冈杯比赛的,肯定要参加。这对于她的演艺生涯来说十分重要。稍有运气,她就会成为"乌丽冈小姐"。一点不错,以前的那些女演员刚出道时都是这样做的。

曼特决定选用自己的道奇。只要参赛前夕擦一擦,它的式样还是会给人留下好印象的。米色的汽车顶篷几乎还是新的。

日子一天天过去,快到七月九日星期天了,依沃娜表现得愈来愈紧张。她打翻酒杯,坐立不安,生硬地同自己的狗说话。可是那条狗的眼睛却向她流露出柔情和宽容。

我和曼特尽力去安慰她。比赛对她来说肯定比拍电影好受些。短短的五分钟,在评委面前走几步,然后就完事了。再者,即使失败了,在所有的竞争者中,独她一人拍过电影,完全可以聊以自慰。从某种程度上来说,她是专业的。

我们不能坐等失败,于是,曼特建议我们星期五下午沿着阿尔朗布拉饭店后面的林荫大道进行一次彩排。我坐在花园里的椅子上扮演评委。道奇车缓缓前行。依沃娜笑容僵硬,曼特用右手驾车。狗背朝着他们,一动不动,神态安详。

曼特在我的正前方停车。他将左手撑在车门上,动作矫捷地从门上跃了过去。他优雅地落下,双腿并拢,上身挺直。匆匆点头行礼之后,他小步绕过道奇,猛地打开了依沃娜那边的车门。她牵着狗链出了车门,拘谨地走了几步。德国狗垂着脑袋。他们重新回到自己的位置,曼特再一次从车门上方跨过去,坐到方向盘前。我真佩服他的弹跳力。

在评委面前,他还会重现他的风采,这一点是肯定的。就看丹尼尔·昂德利克斯做何表示了。

比赛的前一天晚上,依沃娜想喝香槟酒,她辗转不安,难以入睡。她像学校里庆祝节日时在登台前直想哭的小姑娘。

曼特要我们早上十点整在大厅里碰头。比赛要到中午才开始,但他赛前必须花时间做一些细节性的工作:对道奇车做全面检查,给依沃娜提出各种建议,另外,也许还要做一下柔软体操。

他执意要参与依沃娜的最后一项准备工作:她犹豫不决,不知该用一条玫瑰红的头巾,还是用一顶大草帽。"头巾,亲爱的,用头巾。"他声音洪亮,果断地做出决定。她选了一件麻布质地的白色裙袍。曼特自己穿了一套沙土色的山东绸西装。我对服装记得很清楚。

我和依沃娜、曼特以及狗一起走了出去,外面阳光灿烂。这样的七月的上午,我从此再也没有遇到过。微风轻拂着饭店前面旗杆上的大旗:蔚蓝色和金黄色。它们是哪个国家的旗子?

我们让车按惯性行驶在卡拉巴塞尔林荫道上。

其他参赛者的汽车已经停靠在通往斯波尔亭的那条极宽敞的大道两旁了。他们从高音喇叭中听到了他们的名字和号码,必须马上去评委那里报到。评委坐在餐厅的露天座。大道的尽头是一个圆形广场,评委可以居高临下地俯视一切。

曼特命令我尽可能地靠近评委,并且仔细观察比赛,连最小的细节也不要放过。在曼特表演他的高空杂技的时候,我必须密切注视丹尼尔·昂德利克斯的表情。必要时,我可以做些记录。

我们坐在道奇牌汽车里等待着。依沃娜的额头几乎贴在后视镜上,她在检查自己的化妆。曼特已经带上了古怪的钢架太阳镜,正用手帕擦着下巴和太阳穴。我抚摩着狗,它挨个地向我们投来忧郁的目光。我们在一个网球场边停车了,网球场上有四个人——两男两女——在进行比赛,为了逗依沃娜开心,我对她说,这些打网球的人中,有一位像法国喜剧明星费尔南多。我还问她:"假如真是他呢?"可依沃娜没听见我在说什么。她双手颤抖。曼特用一阵轻咳来掩饰自己的惶惶不安。他打开收音机来淹没单调而令人生厌的网球声。我们三个人的心怦怦直跳,一动不动地听着通报消息。终于,高音喇叭响了:"请参加乌丽冈杯比赛的各位可爱的选手准备比赛。"过了两三分钟后,又通报道:"1号参赛者,阿特麦尔夫妇!"曼特紧张地咧嘴强笑。我吻了一下依沃娜,祝她好运。然后,我经过一条弯曲的小道,向斯波尔亭餐厅走去。我也一样,感到很激动。

评委坐在一排白木桌子后面,每张桌子都配备有一把红绿相间的太阳伞。一大批观众聚集在周围,有些人运气好,有地方坐,喝着各式各样的开胃酒,其他的穿着沙滩服,站着。我按曼特叮嘱的那样,尽可能靠近评委,以便密切地注视他们。

我马上认出了安德烈·德·富基埃尔,我曾经在他的作品封面上看到过他的照片(我父亲很喜欢他的书,常建议我看,我从中得到了许多乐趣)。富基埃尔戴了一顶巴拿马草帽,帽子周围装饰着一圈海蓝色的丝带。他将下巴支在右手掌上,脸上流露出优雅的疲倦的表情。他厌倦了。在他这种年龄,所有穿着比基尼泳衣和豹皮泳装的避暑者,在他看来就如同火星人一般。没有谁会跟他谈论埃米莉米安娜·达朗松或者拉·冈达拉,除了我,如果有机会,我会谈的。

那位五十多岁的人,一头金发(他染过吗?),像狮子一样,皮肤晒得黑黑的,肯定是丹尼尔·昂德利克斯。他不停地同他的邻座讲话,笑得很大声。他的眼睛是蓝色的,他身体健康、精力旺盛,身上散发出庸俗的气息。一名棕发妇女,颇有大资产者气派,狡黠地对老滑雪冠军微笑着,她是夏瓦尔高尔夫俱乐部的老板夫人呢,还是旅游事业联合会的会长太太?抑或是桑多女士?拍电影的加芒治(或者加马斯),应该是那位戴玳瑁架眼镜、穿着做客服的家伙:灰色斜纹上印有白色细条子的西装上衣。我努力地想了一下,又记起了一位大约五十岁的人,他留着灰蓝色的波浪发,生就一副贪食的嘴巴。他的鼻子和下巴伸向空中,或许是为了显示他的力量和监督一切的权力。他是副省长,还是桑多先生?舞蹈家约瑟·托雷斯呢?没有来。

一辆绛红色标致203型敞篷车已经沿着道路徐徐驶过来了,停在圆形广场的中央,一位穿着撑腰连衣裙的女士下车了,腋下夹着一只特小的鬈毛狗。男子还坐在方向盘前。女的在评委面前走了几步,她穿着尖跟黑鞋。经过氧化褪色的金发,正如埃及前国王法鲁克喜欢的那样。我父亲时常同我谈埃及前国王,还声称曾经吻过他的手。留灰蓝色波浪发的先生带着齿音宣布:"让·阿特麦尔太太。"他一字一顿地读出这个名字。她松开那只小鬈毛狗,小狗掉下来,落在她的手掌里。她极不自然地模仿着时装模特儿的走秀姿态:目光冷漠、头部晃动。然后,坐回自己的标致车里。掌声稀落。她丈夫留着平顶头发,我注意到他绷着脸。他将车向后倒了一点,然后灵巧地转了半个弯,人们猜想,他大概把尽可能地驾好车看作是荣誉攸关的事情。标致车熠熠生辉,他应该认真地擦拭过。我认为这是一对新婚夫妇,丈夫是工程师,出生于良好的有产者家庭,而妻子的身份则要低微些,但两个人都有运动气质。我有将一切东西定位的习惯,我想象他们的家在奥特伊的"布朗希大夫"街,住在一个"舒适温暖"的小套房里。

比赛一个接一个地进行。遗憾的是,除了几个人外,我都忘了名字。比如那个欧亚混血儿。她大约三十岁,由一个长着红棕色头发的肥胖男人陪着。他们乘坐一辆湖绿色纳什牌小型敞篷车。女的从车内出来,朝评委木头人似的迈了一步,然后停住了,紧张得直发抖。她没有转动脖子,斜着眼恐慌地瞅瞅周围。那个胖子在车内直叫她:"莫尼卡……莫尼卡……莫尼卡……"那声音好像驯服一只异国野生动物时发出的呻吟和恳求。他从车内出来,用手去拉她,轻轻地将她推到车座上。她抽抽噎噎地哭起来了。这时,男的全速开动汽车,在转弯时,险些儿把评委都卷走了。但我记住了另外一对六十来岁的可爱的夫妻的名字:图娜特和雅吉·罗朗-米歇尔。他们坐着一辆灰色的斯图贝克车,双双出现在评委面前。她的个子很高,一头红发,有一张精力充沛的长形脸,穿着网球服。她先生中等身材,小胡子,大鼻子,面带挖苦人的微笑,一副地道的法国人的相貌,就像好莱坞的制片人所想象的那样。这肯定是两位重要人物,因为那个长着灰蓝色头发的家伙宣布说:"我们的朋友图娜特和雅吉-罗朗-米歇尔。"三四个评委(其中有那位棕发妇女和丹尼尔·昂德利克斯)还鼓起掌来。但是,富基埃尔却连看他们一眼的面子也不屑给。夫妻俩低头行礼,动作同步。他们身体健康,两个人都露出一脸很满意的神情。

"32号,依沃娜·雅吉小姐和勒内·曼特医生。"我感到快要昏厥了。首先,我什么也看不见了,就像在沙发上躺了整整一天突然起来时那样。宣读他们名字的声音从四面八方反射过来,久久回响。我靠在坐我前面的不知谁的肩膀上,当我意识到此人是谁时,已经太晚了,他是安德烈·德·富基埃尔。他转过身子。我无力地嘟哝着向他道歉,手无法从他肩膀上缩回来。我必须往后欠身,慢慢地将手臂拖回来靠近胸部,同时绷紧肌肉,克服着沉重和疲惫无力的感觉。我没有看见他们俩坐着道奇车过来。曼特已经将车停在评委面前,汽车前大灯也开亮了。我的不适被一种惬意的快感所代替,我感到这种感觉比平时更为强烈。曼特按了三声喇叭,我从好几位评委的脸上看出了那种轻度的发呆表情。富基埃尔显然被吸引了,丹尼尔·昂德利克斯微笑着,但依我看,这微笑是强装的。这难道是真正的微笑吗?不是,这是僵硬的冷笑。他们没有离开汽车。曼特熄了前灯，然后又打开了。他到底要干什么呢？他启动汽车挡风玻璃上的刮水器。依沃娜面孔光洁，表情难以捉摸。突然，曼特起跳了。评委和观众之间响起一阵低语。这一跳和星期五彩排中的那个动作的幅度完全不一样。他不再满足于从车门上方跨过去，而是从半空中跳了过去，叉开双腿，动作干净利落，然后极富弹性地落下，所有动作迅猛地在闪电般的瞬间完成。我感觉到这里面有狂热、躁动和虚幻的挑战，于是拼命为他鼓起掌来。他绕着道奇车行走，不时停下来，待住不动，如同在穿越一个布雷区。评委会的所有成员都注视着他，嘴巴张得大大的。人们坚信他正在冒着危险。当他终于打开车门时，一些人宽慰地叹了一口气。

她穿着一袭白色长裙从车内走了出来，狗懒洋洋地跳下车，跟着她。她没有像其他参赛者那样，在评委面前前后左右地走动，而是倚在发动机罩上，端详着富基埃尔、昂德利克斯和其他人，嘴唇上挂着傲慢的微笑。出人意料的一个动作，她把头巾拉了下来，懒洋洋地将它抛到身后。她抬起手，从后面将头发捋了一下，使它披散在肩头。狗也跳上道奇汽车挡泥板的一侧，迅速摆出埃及狮身人面像的姿势。依沃娜漫不经心地抚摸着它。曼特在他们身后的方向盘边等着。

今天，每当我想念她时，想得最多的，就是这副情景。

她的微笑,她的红棕色头发,身边黑白相间的小狗,淡灰色的道奇车,汽车挡风玻璃后面几乎模糊不清的曼特,明亮的汽车前灯,还有金色的阳光。

缓缓地,她向车门滑了过去,打开车门,眼睛却一直没有离开评委。她坐回自己的位置,狗懒散地跳到后座上,这一跳是如此漫不经心,以至于当我回忆起这一幕的细节时,像在欣赏电影的慢镜头一般。道奇车——也许不应该相信它的回忆——倒出了圆形广场。曼特抛出一朵玫瑰花(这个动作也出现在慢镜头电影中),玫瑰花掉在丹尼尔·昂德利克斯的上衣上,他捡起玫瑰花,一脸呆滞地盯着它。他不知所措,甚至不敢将它放到桌上。最后,他发出一声笨拙的笑声,把花递给他的邻座,那位我不知道她身份的棕发妇女,她应该是旅游事业联合会会长的夫人,或者是夏瓦尔高尔夫俱乐部老板的太太,或者是桑多女士,谁知道呢?

在汽车驶上大道之前,依沃娜转过身来,向评委成员挥动手臂。我甚至认为,她是在向他们所有的人送飞吻。

他们在低声地商量。斯波尔亭体育场的三位游泳教练礼貌地请我们隔开几米远，以免偷听到讨论的秘密。每个评委的桌子上都放着一张纸，上面写有各参赛者的名字及号码。随着参赛者的出场，他们必须给每人一个分数。

他们在一些小纸片上潦草地写了一遍，将纸片折起来。然后将选票堆在一起，昂德利克斯用指甲修剪得很好的小手，将选票搅弄了两遍，他的小手与他宽阔肥厚的身体形成了鲜明的对比。他还要忙着统计。他读着名字和数目：阿特麦尔14，蒂索16，罗朗-米歇尔17，阿朱尔洛12……但我伸长耳朵也是枉然，大部分名字我都听不到。留着波浪发、长着贪吃的嘴巴的那位在一个小本子上登记数字。他们还举行了一个气氛活跃的秘密会谈，谈得最热烈的是昂德利克斯、棕发妇女以及灰蓝色头发的那位。后者不停地笑着，好像在——我料想——展示他那口漂亮的牙齿，他还向周围投射着他希望富有魅力的眼神：迅速地扑闪着睫毛，想以此来表现他的天真单纯和对一切事物的惊奇赞叹。嘴巴不耐烦地向前伸着。一个真正的美食家。用粗话说，这种人是"色鬼"。他和丹尼尔·昂德利克斯之间肯定存在着竞争，对女人的争夺，在后面我会证实这一点的。但是，他们暂时摆出一副严肃和对评委会成员负责的样子。

富基埃尔对这一切漠不关心。他在自己的那页纸上涂鸦，紧皱的眉头表达着傲慢的讥讽。他看见什么了？他在梦想自己人生中的哪一幕景象？想他和露西·德拉吕-马尔德律的最后一次会晤吗？昂德利克斯恭恭敬敬地向他探过身子，问他一个问题。富基埃尔看都不看他一眼地回答了他。然后，昂德利克斯又去问加芒治（或者加马斯），那位电影工作者，他坐在最右边的那张桌子旁边。他再回头走向留灰蓝色头发的那个人。他们发生了几句口角。我听到他们几次说到"罗朗-米歇尔"这个名字。最后，那位"灰蓝色波浪发"——我这么称呼他——走向麦克风，用冷冰冰的声音宣布：

"女士们，先生们，我们马上向你们宣布这次乌丽冈杯选美比赛的结果。"

不安重新扼住了我。我周围的一切都蒙上了水汽，我问自己，依沃娜和曼特会在哪儿呢？他们等在网球场边，我们分手时的那个地方吗？他们俩是不是把我抛弃了？

"四票对五票。""灰蓝色波浪发"的声音升起来了，升起来了，"我重复一遍，我们大家都认识且得到所有人称赞的我们的朋友罗朗-米歇尔夫妇获得四票对五票的成绩（他一字一顿地发出'我们的朋友'几个字，他此时的声音跟女人的声音一样尖），我在此向他们的体育精神致以崇高敬意……他们应该赢得——我个人认为——这次选美比赛……（他用拳头敲打着桌子，但他的声音越来越不连贯）……奖杯颁发给

(他停顿了一下)由勒内·曼特先生协助表演的依沃娜·雅吉小姐……"

我承认,我的眼中溢满了泪水。

他们必须最后一次走到评委面前领取奖杯。湖滩上的所有小孩也和观众聚在一起,极度兴奋地等待着。斯波尔亭的乐师们在平台上按习惯各就各位,头顶上是绿白相间的条纹华盖。

道奇车出现了。依沃娜半躺在发动机罩上。曼特缓慢地驾驶汽车。她跳到地上,非常羞涩地向前面的评委走去。掌声经久不息。

昂德利克斯挥舞着奖杯向她走下来,授给她奖杯,并亲吻她的两颊。其他人也过来向她祝贺。安德烈·德·富基埃尔也过来跟她握手,可她却不知道这位老先生是何许人。曼特也过来了,他的眼睛在斯波尔亭的平台上搜寻,立即发现了我,他一边喊着:"维克多……维克多……"一边向我打手势。我向他跑过去,我得救了。我多想亲吻依沃娜,但是她被团团围住了。几个侍者每人举着两大托盘斟满香槟的酒杯,努力想挤出一条道来。大家碰杯,喝酒,在太阳底下叽里呱啦地议论。曼特待在我身边一言不发,黑色太阳镜后面的眼神令人难以捉摸。心情激动的昂德利克斯正在离我几米之外的地方，向依沃娜介绍那位棕发妇女、加芒治（或加马斯），还有另外两三个人。她在想别的事情。在想我吗？我不敢相信这一点。

大家越来越开心了，人们大笑，相互打招呼，挤来挤去。乐队指挥问我和曼特，该演奏什么"曲子"来庆贺比赛、庆贺富有魅力的获奖者。我们尴尬了一阵。由于我暂时叫克马拉，想听听茨冈人的音乐，所以我请他演奏《黑色的眼睛》。

为了庆祝这"第五届乌丽冈杯比赛"，祝贺那天的胜利者依沃娜，人们计划在圣罗兹夜总会举办一场"晚会"。她选穿了一条饰有光泽暗旧的金色箔片的连衣裙。

她把奖杯放在床头柜上，边上是莫洛亚的那本书。这奖杯实际上是一个小塑像，小小的底座上，一个女舞蹈演员在跳脚尖舞，底座上用哥特字体刻着"乌丽冈杯，一等奖"几个字，再下面是年份。

临走前，她抚摸着奖杯，然后吊住我的脖子。

"你不觉得这太美妙了吗？"她问我。

她要我戴上单片眼镜，我答应了，因为，这毕竟是一个不同寻常的夜晚。

曼特穿了一件淡绿色西装，显得非常纯真可爱，到瓦朗的一路上，他一直在取笑评委。"灰蓝色波浪发"名叫拉乌尔·富索里雷，是旅游事业联合会的头头。棕发妇女是夏瓦尔高尔夫俱乐部老板的老婆：是的，她不失时机地同"肥牛"丹尼尔·昂德利克斯调情。曼特很讨厌丹尼尔·昂德利克斯，可他是个人物，曼特对我说，三十年来，他在滑雪道上一直扮演着自命不凡的情种的角色（我想起了依沃娜的那部电影《来自山里的情书》中的男主人公）；昂德利克斯一九四三年在麦热威的勒吉普夜总会和夏姆瓦夜总会里已经度过了许多开心的夜晚，可现在，他五十来岁了，越来越像个"老色鬼"。曼特每讲一段就问一句："是不是，依沃娜？"言下之意，既充满嘲讽又显得沉重。为什么呢？他和依沃娜怎么会跟这所有的人如此熟悉呢？

当我们走向圣罗兹搭有花棚的露天座时，周围响起了稀稀落落的掌声，向依沃娜致敬。掌声是从一个坐有十来个人的桌子那边发出来的，这十个人中端坐着昂德利克斯，他向我们招手致意。一位摄影师起身拍照，我们被他的闪光灯闪得眼花缭乱。名叫布里的经理给我们搬来三张椅子，然后回来，极殷勤地递给依沃娜一朵兰花。她向他道谢。

"在这大喜的日子里，我很荣幸，小姐。祝贺您！"

他带有意大利口音。他向曼特鞠躬致意。

"先生,您是……"他在跟我说话,笑容歪到一边去了,也许因为叫不上我的名字,感到难堪。

"维克多·克马拉。"

"啊……克马拉……"

他一脸惊讶,皱起了眉毛。

"克马拉先生……"

"是的。"

他向我投来异样的眼神。

"我马上就回来,克马拉先生……"

他走向通往一楼酒吧的楼梯。

依沃娜坐在昂德利克斯旁边,我和曼特坐在他们对面。我认出我的邻座中,有评委中的那位棕发妇女、图娜特和雅吉·罗朗-米歇尔。留着灰色短发、精神像老飞行员或军人一般饱满的那位先生,无疑是高尔夫俱乐部老板。拉乌尔·富索里雷坐在桌子边头,轻轻地咬着一根火柴。其他的三四个人,我还是第一次见到,其中,有两个晒得很黑的金发妇女。

那天晚上,在圣罗兹,没有多少人。天还早。乐队正在演奏一首歌的曲子,这首歌人们经常听到,一位乐手低声地念着歌词:

爱情,像光阴

逝去了,逝去了,

爱情

昂德利克斯用右手搂着依沃娜的肩膀,我纳闷,他到底要干什么?我转向曼特。他架上了另一副太阳镜,粗大的镜架是玳瑁质地的。他正弹琴似的使劲敲着桌子边。我不敢跟他讲话。

"得了奖杯,你觉得高兴吗?"昂德利克斯用温柔的声音问她。

依沃娜不自在地看了我一眼。

"多亏我出了点力……"

是的,这应该是个正直的人。我为什么总是不相信偶然遇到的人呢?

"富索里雷不愿意。嗯,拉乌尔,你不愿意,是吗?"

昂德利克斯大笑起来。富索里雷吸了一口烟,他表现得非常镇静。

"没那回事,丹尼尔,没那回事,你弄错了……"

我觉得他一字一顿发音的方式很下流。"伪君子!"昂德利克斯毫无恶意地骂了一句。

这场辩驳把棕发妇女和两位晒黑的金发妇女逗笑了

(其中一位的名字,我突然想起来了,叫梅格·德维尔丝),那个脑袋长得像老骑兵军官的家伙也笑了。罗朗-米歇尔夫妇竭力做出一副分享欢乐气氛的样子,但心思却不在这儿。依沃娜向我递了一个眼色,曼特继续敲桌子。

"最有希望赢您的人,"昂德利克斯说,"是雅吉和图娜特……是不是?拉乌尔?"他转向依沃娜,"你应该去跟我们的朋友,你不幸的竞争对手,罗朗-米歇尔夫妇握手……"

依沃娜照办了。雅吉表现出一副愉快的样子,但图娜特·罗朗-米歇尔却盯着依沃娜,一副怨恨的神情。

"你的求爱者,是吗?"昂德利克斯问,他指的是我。

"我的未婚夫。"依沃娜勇敢地回答道。

曼特抬起头。他的左颧颊和双唇又出现了一阵抽搐。

"我们刚才忘了向你介绍我们的朋友,"他用矫揉造作的声音说,"维克多·克马拉伯爵……"

他把"伯爵"两个字说得很重,在说出这两个字之前,还稍微停顿了一下。然后,他转向我:

"站在您面前的是法国的一位滑雪高手,丹尼尔·昂德利克斯。"

昂德利克斯笑了,但我清楚地感觉得出,他怀疑曼特的出人意料的反应。他认识曼特肯定好久了。

"当然,亲爱的维克多,"曼特接着说,"您太年轻了,这个名字对您来说不是什么了不得的东西。"

其他的人等待着。昂德利克斯准备用装出来的无所谓来忍受这种冷嘲热讽。

"我猜想,当昂德利克斯赢得多项全能比赛时,您还没有出生吧……"

"您为什么要说这些,勒内?"富索里雷用一种非常温柔、非常甜蜜的声音发问,发音的方式更过分,因此,人们料想会看到从集市上买回来的用模板做的蛋白粉糕从他嘴巴里溜出来。

"他赢得障碍滑雪赛和多项全能比赛时,我在场,"晒黑的金发妇女中名叫梅格·德维尔丝的宣称,"并不是那么遥远的事情……"

昂德利克斯耸了耸肩膀。这时,乐队奏出了一首慢狐步舞曲的最初几个音符,他趁机请依沃娜跳舞。富索里雷和梅格·德维尔丝随后。高尔夫俱乐部老板拉了另一位晒黑的金发妇女。罗朗-米歇尔夫妇也迈向舞池。他们牵着手。曼特向棕发女人鞠躬:

"我们也去跳吧……"

我一个人待在桌边,眼睛没有离开过依沃娜和昂德利克斯。远看,他还是有一定风度的:身高一米八○到一米八五,笼罩着舞池的灯光——略带粉红的蓝颜色——也使他的脸柔和了许多,还掩盖了他的臃肿和粗俗。他把依沃娜抱得很紧。怎么办?去痛打他一顿?我双手颤抖。当然,我可以突然袭击,朝他脸上猛击一拳,或者从后面靠近他,用瓶子从他头顶上砸下去。何必呢?首先,在依沃娜眼里,我显得很可笑。其次,这种行动与我的温柔气质、天生的悲观情绪以及特有的软弱不协调。

乐队连着奏出了另一首慢步舞曲,没有一对舞伴离开舞池。昂德利克斯把依沃娜搂得更紧了。她为什么听任他这么干呢?我期待着她递给我一个帮她解脱的眼色,或者是一个默契的微笑。可是,什么也没有。布里,那个毛茸茸的胖子经理谨慎地走近我的桌子,就站在我身边,靠在一只空椅子的椅背上。他想跟我说话,可这会让我厌烦的。

"克马拉先生……克马拉先生……"

出于礼貌,我向他转过身去。

"告诉我,您和埃及亚历山大市的克马拉家族是亲戚吗?"

他探过身来,目光热切。我明白我为什么选择了这个姓,我认为这出自我的想象力:这姓是亚历山大市的一个家族的姓,我父亲时常同我谈论到这个家族。

"是的,是亲戚。"我回答说。

"那么,您是埃及人?"

"沾点边。"

他露出激动的笑容，还想知道得更多，我本可以同他谈谈西迪·柏什别墅，我童年时在那儿住过几年，还有阿卜丁宫和金字塔旅馆，我对此保存着隐隐约约的记忆。轮到我问了，我问他是不是和我父亲关系密切的什么人的亲戚。这位安东尼奥·布里做过国王法鲁克的心腹和"秘书"。但是，我的注意力完全被依沃娜和昂德利克斯占据了。

她继续和那个开始衰老的、肯定染过头发的家伙跳舞，也许她这样做是为了一个明确的理由，当我们俩单独在一起时，她会告诉我？或者，也许，就这样，并不为什么？假如她把我忘了呢？我对自己的身份从来就没有过十足的信心，她会认不出我来的想法掠过我心头。布里坐到了曼特的位子上：

"我在开罗认识了亨利·克马拉……我们每天晚上都去格罗比之家或者去摩纳宫。"

他好像在向我泄露国家机密一样。

"请等一下……那是人们看见国王和那位法国歌唱家在一起的那一年……您知道吗？……"

"啊，知道……"

他说话的声音越来越低，好像担心有隐身的警察。

"那么，您呢，您在那儿生活过吗？"

照着舞台的聚光灯只射出微弱的粉红色灯光。一下子,我看不见依沃娜和昂德利克斯了,但是,他们还是在曼特和梅格·德维尔丝、富索里雷以及图娜特·罗朗-米歇尔的身后重新出现了。后者从她丈夫肩膀上方向他们提意见。依沃娜大笑起来。

"您理解,人们不可能忘记埃及……不可能。有些晚上,我问自己在这儿干什么……"

我也一样,我也突然这样问自己。我为什么不待在梯耶尔公寓里看我的波登版电话年鉴,读我的电影杂志呢?他把一只手搭到我肩上。

"我不知道为了能置身于巴斯特鲁帝餐厅①的露天座,我将会付出什么样的代价……怎能忘记埃及?"

"但是,这不应该再存在了。"我咕哝着说。

"您真的这么认为?"

那儿,昂德利克斯利用昏暗的光线,将一只手放到了依沃娜的屁股上。

曼特向我们的桌子走来,一个人,棕发妇女在和另一位

---

① 埃及亚历山大一个颇富传奇色彩的希腊餐厅。

男舞伴跳。他听任自己跌坐到椅子上。

"你们在谈些什么呢?"他摘下太阳镜,看看我,和蔼地笑了,"我敢肯定布里在同您谈他在埃及的故事……"

"先生是亚历山大人,和我一样。"布里冷淡地说。

"您,维克多?"

昂德利克斯试图亲吻依沃娜的脖子,但她阻止了。她向后退了一点。

"布里经营这家夜总会十年了,"曼特说,"冬天,他到日内瓦工作。但是,他从来就没能习惯高山。"

他注意到我在看依沃娜跳舞,于是努力想分散我的注意力。

"如果您冬天到日内瓦,"曼特说,"维克多,我应该带您去那个地方。布里按照原样重建了开罗的一家餐馆。它叫什么来着?"

"勒·凯帝瓦尔。"

"他置身其间,就自认为到了埃及,也就少了一分沮丧。是不是这样,布里?"

"去他妈的高山!"

"不要沮丧,"曼特低声地唱着,"永远不要沮丧,永远不要沮丧,永远。"

那边,他们开始跳另一曲舞,曼特向我探过身来:

"别在意,维克多。"

罗朗-米歇尔夫妇也从舞池里出来了,回到我们中间。然后是富索里雷和金发妇女梅格·德维尔丝。依沃娜和昂德利克斯最后出来。她来到我身边坐下,握着我的一只手。这么看来,她没有忘记我。昂德利克斯好奇地凝视着我。

"那么,您真是依沃娜的未婚夫了?"

"哦,当然,"我还没来得及回答,曼特已接上了话头,"如果一切顺利的话,她马上该叫依沃娜·克马拉伯爵夫人了。你怎么想?"

他挑衅地问他,但昂德利克斯依然微笑着。

"这比叫依沃娜·昂德利克斯要中听些,不是吗?"曼特又加上一句。

"这年轻人平时干什么工作?"昂德利克斯用故作庄重的语调问。

"什么也不干,"我回答他,一边在左眼四周旋紧单片眼镜,"什么也不干,什么也不干。"

"也许你认为这位年轻人像你一样是滑雪教练或者商贩?"曼特继续说。

"住口,我要把你碎尸万段。"昂德利克斯说,不知是威胁还是玩笑。

依沃娜用食指指甲挠我的手心。她在想别的事情。在想什么呢？棕发妇女和她精力充沛的丈夫回来了，她是和另一个金发女人一起回来的，她们并不打算缓和一下气氛。每个人都斜着眼睛朝曼特的方向看。他想干什么呢？侮辱昂德利克斯？向他脸上扔一只烟灰缸过去？还是想引起一桩丑闻？高尔夫俱乐部老板终于用一种社交界的语调说话了：

"您总是在日内瓦行医吗，医生？"

曼特像一个专心用功的好学生那样回答道：

"是的，泰西埃先生。"

"真奇怪，您使我想起了您父亲……"

曼特忧郁地一笑。

"哦，不，别说这个……我父亲比我优秀多了。"

依沃娜的肩膀靠着我的肩膀，这简单的接触让我心绪不宁。她呢，她父亲是谁？虽然昂德利克斯对她有好感（或者确切地说，虽然昂德利克斯在跳舞时将她抱得太紧），我注意到泰西埃、他妻子和富索里雷并不注意她。罗朗-米歇尔夫妇也是那样。当依沃娜同图娜特·罗朗-米歇尔握手时，我甚至惊奇地从她脸上看到了鄙夷的表情。依沃娜不属于他们那个阶层。相反，他们倒认为曼特与他们是平等的,而且,对他表现出某种程度的宽容。我呢？在他们眼里只不过是个热衷于摇滚舞的十几岁少年？也许并不这样。我的严肃、单片眼镜以及贵族头衔,还是有些令他们惊讶的。特别是昂德利克斯。

"您以前得过滑雪冠军?"我问他。

"是的,"曼特回答说,"但是,这已经消失于蒙昧时代了。"

"您想想,"昂德利克斯对我说,他将手放在我的前臂上,"我认识这个毛头小伙子时,"——他指的是曼特——"他不过五岁,还在玩布娃娃呢。"

幸好,这时候响起了"恰恰恰"的声音,午夜过了,一群群顾客接踵而至,人们在舞池里挤来挤去。昂德利克斯双手作成喇叭形,呼喊布里:

"你去给我们弄些香槟酒来,并告诉乐队。"

他向布里使了一个眼色,布里手指举到眉梢上方,回应了一个含糊的军礼。

"大夫,您认为阿司匹林可用来医治血液循环障碍吗?"高尔夫俱乐部老板问,"我曾在《科学与生活》上看到过这一类的介绍。"

曼特没听见。依沃娜把头靠在我肩上。乐队停了下来。布里拿来了一个托盘,外加一些酒杯和两瓶香槟酒。

昂德利克斯站起来，晃动手臂。一对对的舞伴和其他顾客围住了我们的桌子。

"女士们，先生们，"昂德利克斯高喊道，"让我们为乌丽冈杯赛幸运的获奖者依沃娜·雅吉小姐的健康干杯。"

他向依沃娜打手势，让她起身。我们两个人都站了起来。我们碰杯，我感到所有的眼光都盯着我们，于是我假装一阵咳嗽。

"女士们，先生们，现在，"昂德利克斯用夸张的语气接着说，"请你们为年轻美丽的依沃娜·雅吉鼓掌。"

只听见一阵喝彩声从周围响起。依沃娜亲密地依偎着我。我的单片眼镜掉下来了。掌声经久不息，我丝毫也不敢移动。我盯着我面前富索里雷又长又密的头发，精巧而浓密的波浪发相互交错，这种神奇的灰蓝色头发活像一个精心制作的头盔。

乐队重新奏乐。恰恰舞的节奏很慢，人们从节拍中听出这是《葡萄牙的四月》的主旋律。

曼特起身说：

"如果您觉得没有什么不便的话，昂德利克斯（他第一次用'您'来称呼昂德利克斯），我和您美丽的舞伴先走。"他转向我和依沃娜,"你们跟我走吗?"

我顺从地回答了一个"走"字。依沃娜也站了起来。她同富索里雷和高尔夫俱乐部老板握手,却不敢同罗朗-米歇尔夫妇以及两位皮肤黝黑的金发妇女辞别。

"什么时候结婚?"昂德利克斯用手指指着我们问道。

"一离开这他妈的肮脏的法国小村庄就结婚。"我非常迅速地回答了一句。

所有的人都张大嘴巴看着我。

我为什么要用如此愚蠢和粗野的方式说到这个法国村庄呢?我到今天还在问自己,并且请求原谅。曼特也好像为发现了我的本来面目而痛心。

"来。"依沃娜拉着我的胳膊对我说。昂德利克斯没了声响,双目圆睁,仔细地瞧着我。

我撞了一下布里,但我并不是故意的。

"您要走了,克马拉先生?"

他按着我的手,尽力想挽留我。

"我会回来的,我会回来的。"我告诉他。

"哦,那就好,请。我们接着聊天……"

他做了一个含糊的动作。我们穿过舞池。曼特走在我们身后。舞灯在转动,好像有大片的雪花飘落在一对对舞伴身上。依沃娜拉着我,很艰难地挤出一条道来。

下楼梯前,我想朝我们刚才离开的那张桌子看上最后一眼。

所有的怒气都消了,我为刚才自己的失态而后悔不已。

"你走不走嘛?"依沃娜问我,"你走不走嘛?"

"您在想什么,维克多?"曼特问我,拍了拍我的肩膀。

我站在楼梯口,再一次被富索里雷的头发吸引住了,它们熠熠生辉。他一定在上面喷了一层磷光闪闪的贝科-菲克斯牌发胶。每天早上制作这个灰蓝色的宝塔式奶油蛋糕,那要费多大的工夫和耐心啊!

在道奇车里,曼特说,我们愚蠢地浪费了一个晚上。这要怪罪于丹尼尔·昂德利克斯,他拿所有的评委以及好几位记者都要去为借口,叮嘱依沃娜一定要参加。我们不应该相信这个"混蛋"。

"没错,亲爱的,你知道得很清楚,"曼特用一种恼怒的声调说,"他至少给了你支票吧?"

"当然。"

他们向我揭露这场欺骗性晚会的内幕:昂德利克斯五年前设立了这个乌丽冈奖杯。冬季,在阿尔卑迪兹和麦热威两地交替颁发奖杯。他附庸风雅创办这个比赛(他选择几位社交界名流组成评判委员会），是为了给自己做广告（报道比赛的报纸要写到他，昂德利克斯，提起他的体育功绩），当然，也出于对漂亮姑娘的浓厚兴趣。有了让她赢取比赛的承诺，无论哪个傻女孩都会屈服。支票数目是八十万法郎啊！评委内部，昂德利克斯说了算。富索里雷很想让这个每年取得巨大成功的"选美比赛"稍多一点地取决于旅游事业联合会。他们两人之间的明争暗斗即源于此。

"可不，亲爱的维克多，"曼特下结论似的说，"您看这些外省人是多么狭隘！"

他向我转过身来，送给我一个忧伤的微笑。我们到了卡西诺俱乐部前面。依沃娜叫曼特让我们俩在那儿下车。我们走回旅馆去。

"你们俩，明天打电话给我，"我们把他一个人撂下，他好像有些伤心，他从车门上方探出身来说，"忘记这个卑鄙的夜晚好了。"

然后，他迅速启动汽车，好像巴不得摆脱我们一样。他走上了王家大道，我不禁问自己，他到哪儿去过夜？

我们欣赏了一阵变换着色彩的喷射水柱。我们尽可能地接近水柱，脸上溅满了小水珠。我将依沃娜往前推，她挣扎着，叫喊着。她也想出其不意地推我一下。我们的笑声在寂静的广场上回荡着。那边，塔韦尔纳小酒店的侍者已经收拾好了桌子。大约到了凌晨一点钟。夜是温和的,想到夏天刚刚开始,我们还有很多很多的日子可以在一起度过,一起在夜晚散步,或者一同待在房间里听网球发出的低沉而笨拙的"嘣嘣"声,我有一种陶醉感。

卡西诺二楼的玻璃窗亮着灯,那是纸牌赌博厅。人们可以看见一些侧影。我们围着这座建筑物兜圈子,它的正面墙壁上用圆体字写着"卡西诺"三个字。我们绕过布鲁梅尔入口,从那儿传出音乐声。是的,那个夏天,空气中到处流动着一成不变的音乐和歌曲。

我们走在阿尔比尼大道左侧的人行道上,这条道路顺着省府花园伸展。稀少的几辆汽车往两个方向行驶。我问依沃娜为什么让昂德利克斯把手放在她的屁股上。她回答说,这个一点也不重要。她必须对昂德利克斯亲切一点,因为他让她赢得了比赛,还给了她一张八十万法郎的支票。我对她说,我认为让他"把手放到屁股上"就应该要求比八十万法郎多得多的东西,而且,不管怎样,乌丽冈杯选美比赛没有任何意义。一点也没有。没有人知道有这个奖杯存在,除了这个偏僻湖畔的几个外省人以外。这个奖杯不仅令人发笑,而且很差劲。嗯?首先,在这个"萨瓦省的旮旯里",人们懂得什么是美呢,嗯?她不高兴地小声回答我说,她觉得昂德利克斯"很有魅力",和他跳舞,她感到快活。我对她说——我尽力清楚地发出每一个字，可是枉然，我吞掉了一半音节——昂德利克斯的头像牛一样，而且"屁股下垂，像所有的法国人一样"。"可是你也是法国人。"她反驳我。"不，不，我跟法国人一点边也沾不上。你们这些法国人，你们没有能力理解什么是真正的高贵，真正的……"她大笑起来。我没有威吓她，而是对她表明——佯装出极度的冷漠——将来，不要过分吹嘘乌丽冈杯选美比赛对她有好处，否则人家会笑话她的。许多姑娘也曾赢得过诸如此类的小奖杯，然后就被人彻底遗忘了。又有多少姑娘也曾偶尔拍过一部诸如《来自山里的情书》之类的毫无价值的电影，她们的电影生涯也就到此为止了。投考者多，录取者少。"你认为那部电影没有价值吗？"她问我。"没有。"这次，我相信她感到痛苦了。她一言不发地走着。我们坐在木屋的长凳上，等着缆车。她细细地撕着一个旧香烟盒子。然后，她逐步将这些小纸片放在地上，这些小纸片就像节日的彩纸屑。我被她的专心感动了，亲吻着她的双手。

缆车在圣夏尔·卡拉巴塞尔前面停住了。缆车似乎出了故障，但这个时候，是不会有人来修理的。依沃娜比平时更加多情，我想她应该还有点爱我。我们不时地透过玻璃窗朝外看，我们置身于天空和大地之间，下面是大湖和屋顶。天亮了。

第二天,一篇长文章登载在《自由回声报》的第三版。
标题是:《第五届乌丽冈杯选美赛颁奖》。

　　昨天中午,在斯波尔亭体育场,大量观众饶有兴趣地观看了第五届乌丽冈杯选美比赛。去年的颁奖活动是冬季在麦热威举行的,但是,组织者今年更想使它为夏日增添情趣。比赛期间阳光普照,太阳从未如此灿烂。大部分的观众都穿着沙滩服,人们注意到其中有法兰西喜剧院的让·马尔夏先生,他来卡西诺剧院演出《先生们听好》。
　　评判委员会照例召集了各界名流,由安德烈·德·富基埃尔领导,他很乐意运用自己长期积累的丰富经验为这次比赛服务,可以这么说:无论是在巴黎,还是在多维尔、戛纳或者勒杜盖①,德·富基埃尔都参加并且左右了最近五十年里举办的选美活动。
　　他的周围坐着:丹尼尔·昂德利克斯,著名的冠

---

① 法国海水浴疗养地。

军、该项比赛的发起人；富索里雷，旅游事业联合会会长；加芒治，电影导演；高尔夫球俱乐部的泰西埃夫妇；维恩德索尔饭店的桑多夫妇；副省长 P. A. 罗克维拉尔阁下；舞蹈家约瑟·托雷斯最后时刻因故耽搁了，对于他的缺席，人们深感遗憾。

大部分参赛者都为本次比赛增添了光彩；雅吉·罗朗-米歇尔夫妇像过去每个夏天一样，从里昂来到他们的夏瓦尔别墅度假，他们的表演特别引人注目，并赢得了热烈的掌声。

但是，经过几轮投票，最后的胜利属于二十二岁的依沃娜·雅吉小姐，一位非常迷人的年轻女子，她一头红棕色头发，着白色服装，带着一条给人留下深刻印象的小狗。雅吉小姐以优雅脱俗的表演，给评委留下了深刻印象。

依沃娜·雅吉小姐在我们城市出生、成长，是本地人。她刚刚在一部德国人导演的电影中首次上了银幕，这部电影取景的地方离我们这儿只有几公里远。祝愿我们的同胞雅吉小姐成功好运！

她由勒内·曼特先生陪同表演，他是亨利·曼特医生的儿子。这个名字将引起部分人的回忆。亨利·曼特医生出生于一个家世悠久的萨瓦尔家庭，是抵抗运动的英雄和烈士。我们城里的一条街就是用他的名字命名的。

文章还配了一幅很大的照片。就是在圣罗兹拍的那张,我和依沃娜并肩站着,曼特稍后一点。照片下方有文字说明:"依沃娜·雅吉小姐、勒内·曼特医生以及他们的朋友维克多·克马拉伯爵。"尽管是在报纸上,图片还是非常清晰。我和依沃娜神情严肃,曼特微笑着,我们死死地盯着前面。这张照片,我随身携带了好几年,后来将它放进了别的纪念品中。一天晚上,我忧郁地瞧着它,情不自禁地用红铅笔在上面横向写下了几个字:"昙花一现的国王。"

八

"来一杯最清澈的波尔图葡萄酒,小乖乖。"曼特重复了一遍。

酒吧女招待没弄明白。

"清澈的?"

"非常、非常清澈的。"

但是,他说得没有信心。

他把一只手放在没有刮好的面颊上。十二年前,他每天刮两三次胡子。在道奇车的手套箱底下,放着一把电动剃须刀,但他说,这玩意儿对他不管用,因为他胡子太硬了,甚至在刮胡子时会折断一些青色的刀片。

女招待回来了,端着一瓶山地门葡萄酒,给他倒了一杯。

"我们这儿没有……清澈的……波尔图葡萄酒。"

她嘀咕着"清澈的"三个字,好像在说一个可耻的字眼。

"没关系,小乖乖。"曼特回答说。

他微笑了一下,一下子显得年轻了。他向杯中吹气,观察着葡萄酒酒面上泛起的波纹。

"没有吸管吗,小乖乖?"

她不乐意地给他拿来一根吸管,一脸固执的神情。她不超过二十岁。她大概在自言自语:"这个笨蛋要在这儿待到几点啊?里头穿方格外套的那个呢?"她像每天晚上那样,快十一点钟的时候,来接替热纳维埃芙。后者六十年代初就在这儿掌管着靠近木屋的斯波尔亭的酒吧间。她是一位优雅迷人的金发女人。她的心脏好像有杂音。

曼特转向那个穿方格外套的男人。那件外套是唯一引人注意到他的东西。否则,他脸上的一切真是太平常了:小黑胡子,足够大的鼻子,棕色头发向后梳着。刚才一刹那,他看起来像个酒鬼。他坐直了,嘴角露出自负的神情:

"请给我接通……(声音含糊而又踌躇)尚贝里233……"

酒吧女招待拨了电话号码。电话线的另一头有人接电话,但穿方格外套的男人还是僵直地待在桌边。

"先生,有人接电话了。"酒吧女招待急了。

他依旧纹丝不动,双眼睁得大大的,下巴略微前伸。

"先生……"

他像大理石雕塑一般。她挂断电话，想必开始着急了。这两个顾客不管怎样，有些不正常……曼特皱着眉头看着这一幕。几分钟后，另一个更加沙哑的声音又叫起来了：

"请给我接通……尚贝里233……"

女招待没动。他坚定地继续请求：

"请给我接通……"

她莫名其妙地耸了耸肩膀。这时曼特俯身拨起电话号码来。他听到声音后，把话筒递向穿方格外套的那位，但那人仍一动不动，用那双睁得大大的眼睛盯着曼特。

"听吧，先生……"曼特低声地说，"……听吧……"

他最终把话筒放到了酒吧间的柜台上，无可奈何地耸了耸肩。

"您也许想睡觉了，小乖乖？"他问女招待，"我不想耽误您。"

"不。无论如何，这儿早上两点钟才关门……马上要来人的。"

"来人？"

"有一个大会。他们会突然来这儿的。"

她自己倒了一杯可口可乐。

"冬天，这儿不太舒服吧，嗯？"曼特说。

"我，马上要去巴黎。"她用一种挑衅的语气说。

"您这样做是对的。"

另一位在后面把手指关节弄得"咔咔"响。

"我能再要一杯不甜的香槟酒吗?"然后,又补上一句,"帮我接通尚贝里233……"

曼特又拨了一次号码,头也不回地将话筒放在他身边的高脚圆凳上。那姑娘狂笑起来。他抬起头,眼光落在埃弥尔·阿莱和詹姆斯·古特尔的旧照片上,照片下面是一些开胃酒瓶子。人们还加挂了一张丹尼尔·昂德利克斯的照片,他在几年前的一次车祸中丧生了。肯定是另一个酒吧女招待热纳维埃芙挂的。她在斯波尔亭工作的那段时间,也就是乌丽冈杯比赛的那段时间里,热恋着昂德利克斯。

九

那只奖杯,现在在哪儿呢?在哪个柜子底下?在哪个杂物堆放处?最后一段时间,我们把它拿来当烟灰缸用。因为,托着舞蹈者的底座备有一个圆形边,我们在那儿揿灭香烟。我也许将它忘在旅馆的房间里了。我很惊奇,怎么没有把它带走?我其实是很喜欢小物品的。

然而,开始的时候,依沃娜还是很珍惜它的。她把它摆在客厅写字台上显眼的位置。这是职业生涯之初。然后,胜利女神像奖和奥斯卡金像奖也许会接踵而至。再后来,她也许会动情地在记者面前谈论它,在我看来,依沃娜无疑会成为电影明星。目前,我们暂且将《自由回声报》上的那篇长文章挂在洗澡间。

我们过着游手好闲的日子。我们起得很早。早上,经常有雾——或者说蓝色水汽，它使我们摆脱了重力的吸引。我们感到如此轻盈，如此轻盈……行走在卡拉巴塞尔林荫道上，我们几乎脚不着地。九点钟，太阳马上就要驱散稀薄的雾气了。斯波尔亭湖滩还是没有游客。只有我们两个，外加一个浴场伙计，他穿着白衣服，正在排列折叠式帆布躺椅和太阳伞。依沃娜穿着一套乳白色游泳衣，我借了她的浴衣。她洗湖水浴，我看着她游泳。狗的视线也随着她转。她向我打了一个手势，笑着，喊我游过去和她会合。我对她说，这一切太美了，明天会有一场灾难降临的。我在想，一九三九年七月十二日，我的一位同伴，穿着一件红绿相间的条纹浴衣，看着他的未婚妻在爱当-洛克游泳池游泳。他像我一样，害怕地听着收音机。即使在这儿，安的堡①海角，他都无法逃避战争……他的脑中塞满了避难所的名字，然而，他来不及逃跑。几秒钟之内，一种无法解释的恐怖占据了我的心胸，她从水里钻了出来，过来躺在我身边，晒日光浴。

快十一点钟，当人们开始拥向斯波尔亭时，我们逃到一个小湖湾。人们从餐厅的露天座，经过一个风化的、建于高尔东-格拉姆时代的楼梯，可以到达那里。下面，是布满卵

---

① 法国地中海岸的一个市镇，有海滨浴场。

石和岩石的湖滩；还有一个极小的小木屋，只有一间，开了几个窗户，窗上有护窗板。两个缩写字母刻在摇晃的木门上，是用哥特字体刻的：G-G——高尔东-格拉姆，还有日期：1903。这个极小的房子，肯定是他自己亲手搭建的，他来此沉思默想。高尔东-格拉姆很敏感，也很有远见。太阳很晒时，我们就去里面待一阵。阴暗。门口有一块亮光。一股淡淡的霉气飘荡着，我们最终也习惯了。激浪拍岸的声音像网球声一样单调，令人安心。我们关上门。

  她游泳，在阳光下伸展四肢。我像我的东方祖先一样，偏爱黑暗。下午开始时，我们回到埃尔米塔日饭店，在房间里一直待到晚上七八点。房间有一个很宽敞的阳台，依沃娜躺在中间。我坐在她身边，戴着一顶白色的"殖民者"毡帽——这是我保留的我父亲为数不多的纪念品之一，他买了帽子之后，我更加依恋他了。帽子是在圣日耳曼林荫大道和圣多米尼克大街交汇处的"体育和气候"商店买的。我那时八岁，我父亲准备动身去刚果的布拉柴维尔。他去那儿干什么？他从来没对我说过。

  我下楼到大厅去找杂志。因为有外国房客，人们可以在那儿找到大部分的欧洲出版物。我全部买了下来：《奥吉》《生活》《电影世界》《明星》《名人私生活》……我瞥了一眼日报上的大标题。在阿尔及利亚、法国本土乃至世界各地都发生了一些重大事件。我宁愿不知道。我的喉咙打结了。我希望人们不要在插图报纸上谈论太多诸如此类的事情。不要，不要。避免重大主题。恐慌又一次袭上心头。我在酒吧喝了一杯亚历山大酒来稳定情绪，然后带着一叠杂志上了楼。我们看杂志，在床上、地上、敞开的落地窗前、在被落日的余晖映照的金色斑点中间，到处打滚。拉娜·特纳的女儿一刀捅死了她妈妈的情夫。埃罗·弗南死于心脏病发作，一个年轻朋友问他，她该把香烟的烟灰放哪儿，他还来得及给她指了指用稻草填塞的豹子张开的嘴巴。亨利·卡拉像流浪汉一般死去。阿利·康王子，在聚雷斯内①附近发生交通事故。我回想不起来有什么好的事情。我们剪下了几张照片，挂到房间的墙上，饭店经理也不见得不高兴。

下午是空闲的，时间过得很慢。依沃娜经常穿一条黑底红点的丝质睡裙，上面有好几处窟窿眼儿。我忘了摘下我的"殖民者"旧毡帽。

被撕坏了的杂志铺满了地面。防晒龙涎香的瓶子滚得到处都是。狗横躺在扶手椅上。我们在那台老旧的泰帕兹

---

① 法国塞纳河边的一座城市。

牌唱机上放唱片。我们忘记了关灯。

　　下面,乐队开始演奏,吃晚饭的人也来了。在两首曲子的间歇中,我们听见低声的交谈。一种声音在这"嗡嗡嗡"的声音中显得特别突出——女人的声音——或者一声大笑。音乐又响起来了。我打开落地窗,好让嘈杂声和音乐传到我们这儿来。它们保护着我们,而且它们每天在同一时间响起,这意味着世界还在不停地转动。一直到什么时候停止呢?

　　洗澡间的门清晰地显现出一个长方形光块。依沃娜在化妆。我把臂肘支在阳台上,观察着所有的人(大部分人都穿着晚礼服),侍应生来往穿梭着,我能看清楚乐手的每一个手势。同样,乐队指挥弓着身子站着,下巴几乎贴到了胸口上。一曲终了,他突然将头抬了起来,嘴巴张开,像一个窒息的人。小提琴手有一张微胖而和善的面孔,他闭着眼睛,轻轻地摇动头部,均匀地呼吸着。

　　依沃娜准备好了。我开亮一盏灯。她朝我微笑,目光神秘。原来,为了逗乐,她戴上了一双一直套到手臂中间的黑色长手套。她站在乱七八糟的房子中间,床没铺,浴衣和裙子丢得到处都是。我们踮着脚尖绕过我们的狗、烟灰缸、电唱机和空酒杯,走出房门。

夜深了,曼特将我们送回旅馆后,我们就听音乐。离我们最近的邻居几次埋怨我们发出的"喧哗"。那是里昂的一位工业家——我从看门人那儿得知的——和他的妻子,我曾经在乌丽冈杯比赛之后看到他们和富索里雷握手。我后来叫人给他们送过一束牡丹花,还附上一张条子:"克马拉伯爵给你们送上这束花,深表歉意。"

我们一回来,狗就发出抱怨而又有规律的吠叫,一直持续到一点钟,没法使它安静。于是,我们宁愿放音乐,以盖住它的叫声。依沃娜脱衣洗澡的那会儿,我给她读了几页莫洛亚的书。我们没有关唱机,它继续放着一首疯狂的歌曲。我隐隐约约听到那位工业家用拳头敲击我们的房门发出的声音以及电话铃声。他一定通知了守夜的门房。也许,他们最终会把我们从饭店里赶走。那样更好。依沃娜已经穿好了她的海滨浴衣,我们为狗做吃的(我们有一堆食品罐头,甚至还有一个电炉,用来做狗食)。我们希望狗吃完后,能停止吠叫。那位工业家的太太觉得我们把唱机的声音放得太大,又在那儿吼叫:"给他们点颜色看看,亨利,给他们点颜色看看,给警察局打电话⋯⋯"他们的阳台连着我们的,我们开着落地窗,工业家敲墙壁敲累了,跑到阳台上辱骂我们。于是依沃娜脱掉浴衣,走到阳台上,除了戴着黑手套外,一丝不挂。那边的那位看着她,热血沸腾,他太太拉着他的胳膊大叫:"啊,坏蛋……臭婊子……"

我们太年轻。

而且富有。她床头柜的抽屉里塞满了钞票。她这些钱是从哪儿来的?我没敢问她这个。一天,她为了关上抽屉,把一捆捆钞票整来整去,她跟我解释说,这是拍电影的报酬。她要求人家用面值为五千法郎的现金支付。她又补充说,她已经领取了乌丽冈杯比赛的支票。她给我看了一个用报纸包着的盒子:八百张面值一千法郎的钞票。她喜欢纸币。

她亲切地提出要借钱给我,但我谢绝了她的援助。我的箱子底下还压着八九十万法郎。那是我向日内瓦的一名书商出售两个"珍本"时赚来的,而这两本书我在巴黎的一个旧货商那儿只花了一点点钱就买到手了。我在旅馆接待处,把五万法郎面值的纸币换成了五百法郎面值的,把它们装进一个沙滩袋里。我将所有的钱全倒在床上,她把她的钱也集中到一起了。钞票堆成了非常可观的一大堆。我们为这么多的钞票惊叹不已，以至于后来急不可待地要把它们花出去。而我也从她身上发现了自己对现金的喜好，我想说的是那种很容易挣到的钱，成捆地塞进腰包的钱，不经意就会从指间迅速流走。

自从那篇文章发表后，我时常问她一些跟她在这个城市度过的童年相关的问题，她避而不答，因为，她也许喜欢保持多一点的神秘感，同时，在"克马拉伯爵"的怀抱里，她对自己"卑微"的出身有些羞愧。我的真实面目也许让她失望了，于是我给她讲述我的亲人的奇遇。因为革命的缘故，我父亲很年轻时，就和他妈妈及姐妹们离开了俄国。在巴黎定居之前，他们在君士坦丁堡、柏林和布鲁塞尔待了一些时间。和许多美丽高贵的白俄女子一样，我的姑姑们曾经在契尔巴赫利商店当时装模特，以此谋生。我父亲二十五岁那年坐帆船去了美国，并在那儿和伍尔沃斯商店的继承人结了婚。然后，他离了婚，得到了一大笔生活费。回到法国后，他遇到了我妈妈，她是爱尔兰音乐厅的艺术家。我出生了。一九四九年七月在开普-费哈[①]附近，他们坐在游览

[①] 即圣让-开普-费哈，地中海沿岸市镇。

飞机上双双遇难。我住在巴黎洛尔-比荣街的一幢房子底层，由祖母一手带大。就这些。

她相信我吗？半信半疑。她在入睡前，需要我给她讲一些有关有爵位的人和电影艺术家的"神奇"故事。我给她描述过多少遍我父亲和电影明星露普·维莉在贝弗利山庄的西班牙式别墅里发生的爱情故事？但轮到我要她讲讲她的家庭时，她总是说："哦……没意思……"然而，与在外省的城市里度过的童年和青少年时光有关的故事，正是我幸福生活中唯一缺乏的东西。在我这个无国籍者的眼里，好莱坞、俄国王子以及法鲁克时代的埃及，同这个颇具异国风情的、几乎高不可攀的法国小女孩比起来，显得多么乏味、暗淡，我怎么跟她解释这些呢？

十

　　那件事情发生在一天傍晚，很平常。我们正在阳台上看杂志，其中有一本杂志的封面上——我记得——印着英国电影明星比琳达·李的照片，她在一次汽车事故中丧生了——依沃娜突然对我说："我们去我伯伯家吃晚饭吧。"

　　我穿上法兰绒西装，因为我唯一的一件白衬衫的领子已被磨得露线了，于是，我穿了一件近乎灰色的白色的"翻领运动衫"，和我的那条红蓝相间的"国际酒徒"领带配起来十分和谐。我费了老大的劲才打好领带结，因为"翻领运动衫"的领子太软了，但是我愿意显出注重仪表的样子。我在西装上衣的小口袋上装饰了一块深蓝色小手绢，我买这块手绢，是因为喜欢它的深颜色。至于鞋子，我不知道是穿那双破破烂烂的无带低帮便鞋呢，还是穿那双草底帆布鞋，或者那双几乎全新的绉胶底很厚的温士顿鞋。最后我选择了温士顿鞋,因为穿这双鞋要庄重些。依沃娜恳求我戴上单片眼镜:这会使她伯伯惊讶并觉得"有趣"。是这样,但我根本没戴,我希望这位先生看到我的真实面目:一个谦虚、认真的小伙子。

她选了一条白色丝质连衣裙和参加乌丽冈杯比赛时用的那条玫瑰红头巾。她化妆的时间比平时要长些。口红的颜色和头巾的颜色一致。她戴上了一直套到胳膊中间的手套,我觉得这挺奇怪的,就为了去她伯伯家吃晚饭?我们和狗一起出门了。

饭店大厅里,几个人屏住呼吸,看着我们走过。狗走在我们前面,像在跳四步舞。在我们带它出来走几小时、让它不习惯时,常常会这样。

我们上了缆车。

我们沿着巴赫姆朗大街往前走,这条街是王家大道的延伸部分。我们一直往前走着,我发现了另外一个城市。我们把矿泉疗养区所有矫揉造作的魅力抛在身后了,还有所有不值一提的假象,那仅能让一个衰老的流浪的埃及老爷在忧伤中昏昏欲睡。食品商店和摩托车商店代替了奢侈品店。是的,摩托车商店多得简直令人难以置信。有时甚至两个在一起,一个紧挨着另一个,并且在人行道上陈列着好几辆旧的伟士牌摩托。我们经过长途汽车站。一辆旅行大客车开着发动机等候乘客。客车的侧面,写着汽车公司的名字和途经地点:塞夫里埃——普兰吉——阿贝尔城。我们到了巴赫姆朗大街和勒克拉克元帅大道的交汇处。这条大道的一小段叫勒克拉克元帅大道,因为它是通往尚贝里的201号国道的一部分。大道两旁种着梧桐树。

狗很害怕,尽可能地远离公路行走。埃尔米塔日饭店的装潢和它懒散的外形协调些,它在郊区出现会引起好奇的。依沃娜什么也没说,但她对这个地区很熟悉。在很多年很多年期间,她从学校或从城里的家庭舞会回来,走的肯定也是这条路("家庭舞会"这个词用得不当,应该是她去"舞会"或者"跳舞")。我已经忘记了埃尔米塔日饭店的大厅,也不知道我们要去哪儿,但是,我愿意和依沃娜一起,住到201号国道边上来。我们房间的玻璃在载重卡车经过时总是抖个不停,就像苏尔特林荫大道上的那个小套房一样(我和父亲曾一起在那里住过几个月)。我感到轻松,只是新鞋子把我的脚后跟夹得有点不舒服。

夜幕降临了,道路两旁两三层楼的住宅,像站岗一样守候着那些颇具殖民地魅力的小型白色房屋。在突尼斯甚或在西贡的欧洲街区里,也有这样的房子存在。不时地看到瑞士山区小木屋式样的别墅坐落在小花园中,这提醒我,我们现在在上萨瓦省。

我们经过一座用砖砌成的教堂前面,我向依沃娜打听这教堂的名字圣克利斯朵夫的由来。我希望她是在这里初领圣体的,但是,我没有向她提问,因为我害怕失望。稍微远一点的地方,是一家名为"斯普朗迪德"的电影院,它肮脏的淡灰褐色的正墙和那些带圆形玻璃窗的红色大门,就像进入巴黎市区前,人们穿越德-拉特尔-德-塔西尼林荫大道、让-若雷斯或者勒克拉克元帅林荫大道时所看到的所有郊区电影院一样。她十六岁时,一定也来过这儿。电影院广告预告着当晚上演的片子:《桑达的囚徒》,一部我们童年时代的电影。我想象着到售票窗口买两张中二楼座的电影票。我一直都很了解这样的电影院,我看见了它的木质靠背扶手椅和银幕前的本地广告牌:让·谢尔莫兹,花商,索梅埃大街22号。"洗得净"洗衣店,法弗尔总统街17号。德库兹商店,经营收音机、电视机、高保真音响,阿勒里大道23号……咖啡馆一个接一个,最后一家咖啡厅的玻璃后面,四个留着波浪发的小伙子正在玩台式足球游戏。露天摆放着一些绿色的台子。站在那儿的顾客饶有兴味地瞧着我们的狗。依沃娜已经脱下了她的长手套。总之,她恢复了她的自然装饰,她穿的那身丝质白色连衣裙，人们相信，她只有去参加市郊的节日或者去参加七月十四日国庆舞会时才会穿上它。

我们沿着一条将近一百米的深色树栅往前走。这儿贴满了形形色色的广告。斯普朗迪德电影院的电影预告。堂区节日广告和班德马戏团来此表演的预告。刘易斯·马里诺将头部一分为二的表演广告。几乎辨认不出的陈旧的说明文字：放了亨利·马丁……里奇维回家……法国的阿尔及利亚……一颗中箭的心和几个首字母。人们在这个地方的水泥灯柱上安了一些很摩登的路灯，水泥柱顶端微微弯曲。灯光将梧桐树的阴影和飒飒作响的树叶投在树栅上。一个非常炎热的夜晚。我脱下西装上衣。我们来到了一个巨大的停车场入口前。右边一个小侧门的牌子上用哥特字体刻着：雅吉。我读着另一块木板上的字："美国汽车配件。"

他在一楼一间也许既作客厅又作饭厅的房间里等我们。两扇窗户和玻璃门都朝向停车场——一个面积巨大的停车场。

依沃娜在介绍我时，点出了我的贵族头衔。我很难为情，他却好像觉得这很正常。他转向依沃娜，用一种忧郁而又略显粗暴的语气问她：

"伯爵喜欢吃粉煎小牛肉片吗?"他带有很明显的巴黎口音,"因为我为你们准备了一些小牛肉片。"

为了说话方便,他把香烟或者说烟头夹在唇角,眯缝着眼睛。他的声音非常低沉、沙哑,这是酗酒者和嗜烟者的声音。

"请坐……"

他给我们指了指靠墙的青蓝色长沙发。然后,他摇摇晃晃地小步走向与客厅相连的那间屋子:厨房。我们听见了长柄平底锅的声音。

他端过来一个盘子,把它放在沙发的扶手上。三个酒杯和一碟人们称之为"猫舌饼"的饼干。他把酒杯递给我们,我和依沃娜倒了一些略带玫瑰红的液体。他对我微笑道:

"尝尝。非常好的鸡尾酒。一喝就炸鸡尾酒。它叫……玫瑰女子……尝尝……"

我用嘴唇抿了抿,然后喝了一口,马上咳嗽起来。依沃娜大笑。

"你不该给他喝这个,罗朗咚咚[①]……"

听到她叫"罗朗咚咚",我感到激动而又惊奇。

---

① 法语中的儿语,即伯伯。

"一喝就炸吧,嗯?"他向我扔过来一句,双眼闪闪发光,眼球几乎凸了出来,"必须习惯喝这酒。"

他坐到了扶手椅上,椅子上铺着和沙发上同样旧的青蓝色织物。他抚摸着正在他面前打瞌睡的狗,又喝了一口鸡尾酒。

"你还好吗?"他问依沃娜。

"嗯。"

他点了点头,不知道再说什么。他也许不喜欢当着他第一次接触的人的面说话。他等着我介入他们的谈话,但是,我比他更胆怯,气氛有点尴尬。依沃娜从包里拿出她的长手套,慢慢地戴上。他用眼角瞧着她这个奇怪的、没完没了的举动,嘴角露出赌气的神情。出现了好几分钟的沉默。

我偷偷地打量着他。他的头发是棕色的,很浓密,面色发红,但是大大的眼睛和长长的睫毛给这张老脸增添了某种魅力和疲态。他在年轻的时候应该是英俊的,身材略嫌矮胖,但长相英俊。相反,他的嘴唇很薄,显得能说会道,法国味很浓。

我猜想,为了接待我们,他肯定好好修饰了一番。肩膀过于宽大的灰色粗花呢上装,暗色衬衫,没系领带。有薰衣草的香气。我试图找出一点他和依沃娜的相似之处,却没有找到。但我想,就寝之前,我就会找出来的。我待会儿坐到他们对面,同时观察他俩。我最终将会注意到他们的某个共同的动作或表情的。

"哎,罗朗伯伯,这段时间你很忙吗?"

她用一种令我惊奇的语气向他提问。这种语气掺杂着孩子般的天真和一个女人对与她生活在一起的男人表现出来的适度的粗暴。

"哦,是的……这些'美国产的'破烂货……所有这些他妈的斯图德贝克车……"

"这不奇怪,对不对,罗朗咚咚?"

这一次,她好像在同一个孩子说话。

"不,特别是这些破烂的斯图德贝克车的发动机……"

他只讲了半句,好像突然意识到这些技术细节不可能使我们感兴趣一样。

"哦,是的……那么你呢,还好吗?"他问依沃娜,"还好吗?"

"好,伯伯。"

她在想别的事情,想什么呢?

"很好。如果好的话,那就好……我们坐到桌边吃饭吧?"

他起身,将一只手搭在我肩膀上。

"哎,依沃娜,听见了吗?"

桌子靠着玻璃门和朝向停车场的窗户。白色和海蓝色相间的方格桌布。迪哈勒克斯牌酒杯。他给我指定了座位：正是我料想的位置。我坐在他们对面。依沃娜的碟子和他的碟子上的套餐巾用的小木环都用圆体字刻着他俩的名字："罗朗"和"依沃娜"。

他迈着轻微摇晃的步子向厨房走去，依沃娜乘机用指甲在我的手心上搔了几下。他端来了一盘"尼斯沙拉"。依沃娜给我们夹。

"但愿您喜欢。"

为了引起依沃娜注意，他又一字一顿地说：

"伯——爵——真——喜——欢——吗？"

我识辨不出其中有任何恶意，但有一种巴黎式的讥讽和亲切味。另外，我弄不明白，为什么这个"萨瓦乡下人"（我记起了关于依沃娜的那篇文章中的句子："依沃娜……是本地人。"）带有巴黎的贝尔维尔区那种听上去筋疲力尽的口音。

不相像，很明显他们长得不像。她伯伯没有依沃娜那么细腻的轮廓线条，也没有依沃娜那样修长的双手和她那么纤细优美的脖子。他坐在她身边，比坐在扶手椅上显得更加粗壮、强健。我真想知道，她从哪儿遗传了那对绿色的眼睛和赤褐色的头发，但是，出于对家庭隐私的无比尊重，我打消了提出这些问题的念头。依沃娜的父母亲在哪儿？

他们还活着吗?他们是干什么的?我继续谨慎地观察着他们,终于从他们身上找到了共同的动作。例如,用同样的方式拿刀和叉,食指有些太向前,将叉子放入口中时同样缓慢,而且两个人不时地用同样的方式眯缝着眼睛,这个动作使他们两人都有了一些细细的皱纹。

"您呢,您干什么工作?"

"他什么也不干,伯伯。"

她不给我回答的时间。

"这不是真的,先生,"我嘟哝着说,"不是真的,我工作……我写书。"

"……写书?写书?"

他看着我,眼睛出奇地茫然。

"我……我……"

依沃娜蛮横地微笑着,盯着我。

"我……我在写一本书……就这样。"

我惊异于自己用这种不容置辩的语气大声地说谎了。

"您在写一本书?……一本书?"他皱着眉头,略微向我探过身子,"一本书……侦探小说吗?"

他流露出轻松的神情,笑了。

"是的,一本侦探小说,"我小声地说,"侦探小说。"

隔壁房间里的挂钟响了。嘶哑的钟乐没完没了。依沃娜听着,嘴巴张得大大的。她伯伯看着我,为这首不合时宜的不连贯音乐感到羞愧,而我无法辨别音乐。他只需说一句"又是那座该死的威斯敏斯特牌挂钟",我就能在这些不和谐音符里识辨出那首伦敦钟乐来,然而它更伤感更令人不安。

"这该死的威斯敏斯特牌挂钟简直是疯了。它每逢整点都敲十二下……留着这混账的威斯敏斯特挂钟,我都要发神经了,如果我还留着它……"

他谈论着钟,像在谈论一个看不见的仇敌那样。

"你听见我说话了吗,依沃娜?"

"但是,我跟你说过,它是属于我妈妈的,你只要将它还给我,也就没话说了……"

他一下子满脸通红,我担心他会发怒。

"它还得挂在这儿,你听见了吗?……挂在这儿……"

"好的,伯伯,好的……"她无可奈何地耸耸肩膀,"留着它,你的挂钟……你那差劲的威斯敏斯特钟……"

她转向我,朝我挤了一下眼睛。他呢,要我给他作证了。

"您知道,如果听不见这该死的威斯敏斯特钟的钟鸣,我心里会发空的……"

"这让我想起了我的童年,"依沃娜说,"它让我无法入睡……"

我仿佛看见她抱着长毛绒做的狗熊,睁着大眼睛躺在床上的情景。

我们又听见了间隔时间不规则的五个音符,像酒鬼打嗝一样。然后,威斯敏斯特牌挂钟不响了,好像永远没声响了一般。

我吸了一大口气,转身问她的伯伯:

"她小时候住在这儿吗?"

我问话的方式太急促了,他都没听懂。

"他问你,我小时候是不是住这儿?你聋了吗,咚咚?"

"哦,是的,在这儿,在上面。"

他用食指指了指天花板。

"我等一会儿带你看我的房间。它还在吗,嗯,伯伯?"

"当然在,我一点儿也没改变过它。"

他起身,把我们的餐具和碟子收拾起来,拿到厨房里去了,又拿回来一些干净的碟子和餐具。

"您希望煮得很熟吗?"他问我。

"随您喜欢。"

"不,随您喜欢,伯爵先生,您是客人。"

我脸红了。

"那么,您决定啊,煮熟还是不煮熟?"

我连一个音节也发不出来,做了一个含糊的手势,来赢得时间。他立在我面前,双臂交叉,用一种惊愕的表情审视着我。

"告诉我,他总是这样吗?"

"是的,伯伯,总是这样。他总是这样。"

他给我们夹了一些小牛肉片和青豌豆,特别强调是"新鲜的青豌豆,不是罐头"。他还给我们倒墨尔丘利葡萄酒,他专门买了招待"尊贵的"客人的。

"那么,你认为他是尊贵的客人啰?"她指着我问他。

"当然。这是我一生中第一次和一位伯爵一起用晚餐。您是什么伯爵来着?"

"克马拉。"她冷淡地回答了一声,好像在抱怨他把这个忘记了一般。

"克马拉,哪个地方的姓氏? 葡萄牙人?"

"俄国人。"我结结巴巴地说。

他想知道更多的详情。

"因为您是俄国人?"

无尽的疲惫压迫着我。我必须重新讲述一次大革命、柏林、巴黎、契尔巴赫利、美国、沃尔沃斯商店的女继承人、洛尔-比荣大街的祖母……不。我感到一阵恶心。

"您不舒服吗?"

他把手放在我的胳膊上,像一位慈父。

"哦,不……我好长时间没有像今天这么开心过……"

他对这句话感到惊奇,更因为这天晚上我第一次清晰地说出了一句话。

"来,喝口墨尔丘利葡萄酒……"

"你知道,伯伯,你知道……(她停顿了一下,我坚强地挺住,知道新的灾难即将来临)你知道他戴单片眼镜吗?"

"噢,是吗……不知道。"

"戴上你的单片眼镜给他看看……"

她的声音很淘气,像唱儿歌似的重复着:"戴上你的单片眼镜……戴上你的单片眼镜……"

我用颤抖的手在上衣口袋里摸索着,动作像梦游者一样缓慢,我将单片眼镜举到左眼前面。我尽力去戴眼镜,可是肌肉不听使唤。第三次试戴时,单片眼镜掉下来了。我感到颧骨肌肉僵硬。最后一次,眼镜掉到青豌豆上去了。

"他妈的。"我骂起来了。

我开始失去冷静,担心自己会大声说出一句别人没有料到会从一个像我这样的小伙子口里说出的可怕的话来。但是,我到现在都不能做得很好,愤怒时常侵袭我。

"您愿意试试吗?"我问她伯伯,并把单片眼镜递给他。

他第一次就成功了,我热情地祝贺他。他戴很合适。

他很像《爱的小夜曲》中的孔哈德·威兹。依沃娜大笑。我也大笑。她伯伯也大笑。我们笑得止不住。

"必须停止大笑,"他宣布,"我们三个人玩得很开心。您,您真有意思。"

"这倒是真的。"依沃娜赞同地说。

"您也一样,'有意思'。"我说。

我还想加上"给人安全感"这一形容语,因为他的外貌、说话方式和一举一动都保护着我。在这间饭厅里,在他和依沃娜中间,我什么也不用担心,不用。我是不会受伤害的。

"您工作很忙?"我大胆地问。

他点燃一支烟。

"是的,必须独自经营这儿……"

他朝窗户后面的停车库方向做了个手势。

"很长时间了吗?"

他把自己的王族牌香烟盒递给我。

"开始时,和依沃娜父亲一起……"

他好像因为我的专注和好奇心而惊讶、感动。别人也许并不经常问及他的生活和工作情况。依沃娜扭过头去,递一小块肉给狗吃。

"我们向法芒航空公司买下了这儿……我们成了全省

霍奇基斯汽车的独家经销商……我们和瑞士联合修理豪华小汽车……"

他快速地叙述着,几乎是低语,好像害怕别人打断他,但是,依沃娜一点儿也不注意他在说什么。她在同狗说话,抚摩着它。

"和她父亲在一起时,经营得好吗?"

他用力吸着夹在拇指和食指中间的香烟。

"您对此感兴趣?所有这些,都是过去的事……"

"你在对他讲什么,伯伯?"

"和你父亲在一起时,停车场开始的情况……"

"你会让他厌烦的……"

她声音里带有一点恶意。

"一点也不,"我说,"一点也不,你父亲后来怎么样了?"

这个问题脱口而出,已无法收回了。一阵难堪。我注意到依沃娜皱着眉头。

"阿贝尔……"

说到这个名字时,她伯伯流露出心不在焉的眼神。然后,他用鼻子喷了口气。

"阿贝尔碰到了些麻烦……"

我明白,我不可能从他嘴巴里知道更多的东西,同时对他向我讲了这么多感到吃惊。

"你呢?"他把手搭在依沃娜的肩膀上,"事情顺心吗?"

"顺心。"

交谈眼看就要进入僵局,于是,我决定发起进攻。

"您知道她马上要成为电影演员了吗?"

"您真的这么认为?"

"我对此深信不疑。"

她亲热地朝我脸上喷着烟雾。

"当她告诉我,她要拍电影时,我不相信。然而,这是真的……你拍完了吗,你的电影?"

"拍完了,伯伯。"

"什么时候可以看到?"

"三四个月以后就会上演。"我声称。

"这儿也会放映吗?"

他持怀疑态度。

"肯定的,在卡西诺电影院(我说话的语气愈来愈肯定),您等着瞧好了。"

"如果是这样,我们必须庆祝一番……告诉我……您真的认为这是一门职业吗?"

"当然,而且,她还要继续呢,她还要拍另一部电影。"

我为自己如此热烈地下断语而感到吃惊。

"她马上要成为一位电影明星了,先生。"

"真的?"

"当然,先生。您问她。"

"是真的吗,依沃娜?"

他的声音里有股挖苦的味道。

"是真的,伯伯,维克多讲的所有的话都是真的。"

"您看见了,先生,我没有说错。"

这一次,我用了一种温柔和彬彬有礼的语气。我对此感到惭愧,但这是一个我十分感兴趣的话题,为了谈好这个话题,我努力地通过种种方式来克服遣词造句上的困难。

"依沃娜具有非凡的才华,请相信这一点。"

她抚摩着狗,他观察着我,王族牌香烟烟蒂衔在嘴角。焦虑的阴影和专注的眼神又重新显现出来。

"您,您真认为这是个职业吗?"

"这是世界上最美好的职业,先生。"

"那好,我希望你达到目标,"他庄重地对依沃娜说,"到底,你并不比其他姑娘更笨……"

"维克多会给我提出宝贵意见的,嗯,维克多?"

她传递给我一个温柔而讥讽的眼神。

"您看得出她赢得了乌丽冈奖杯了吗?"我问她的伯伯,"嗯?"

"当我看到那张报纸时,我大吃一惊,"他犹豫了一会,

"告诉我,这个乌丽冈奖杯很重要吗?"

依沃娜傻笑着。

"可以作为跳板。"我擦着单片眼镜宣称。

他建议我们喝点咖啡。我坐在青蓝色旧沙发上,他和依沃娜收拾桌子。依沃娜一边哼着歌,一边将碟子和餐具搬到厨房去。他开了水龙头。狗在我脚下睡着了。我仔细地再次观察着饭厅。墙壁上装饰着绘有三种图案的彩色墙纸:红玫瑰、常春藤和小鸟(我说不出到底是乌鸦还是麻雀)。墙纸是淡灰褐色的,也可能是白色的底色变旧了。木质环形悬挂架上装有十来盏用羊皮纸做灯罩的灯泡。光线是琥珀色,暖色调的。墙上,有一幅绘有森林内景的无框装饰画,我很欣赏其作者的绘画方法。画家将树木勾勒在黄昏明净的天空上,太阳正好停留在树脚下。这幅画使房间里的气氛变得更加静谧。当一个人听到一首他熟悉的曲调时,他就跟着唱起来,受此感染,她伯伯也和依沃娜一起哼起歌来。我感到心情舒畅。我真希望夜晚无穷无尽地延续下去,好让我能够几小时地欣赏着他们的来来往往,欣赏着依沃娜优美的动作、懒洋洋的步伐和她伯伯摇摇晃晃的步态,听他们轻声地哼唱歌曲的调子,我现在再也不敢哼这首曲调了,因为它将使我回想起我曾经经历过的如此珍贵的时刻。

他过来坐到沙发上，为了把对话进行下去，我指了指那幅画对他说：

"非常漂亮……"

"是依沃娜父亲画的……是的……"

这幅画挂在这个地方肯定有好几年了，可他一想到他的兄弟是这幅画的作者仍然赞叹不已。

"阿贝尔有着优美的笔法……您可以看见右下角的签名：阿贝尔·雅吉。我兄弟是一个很奇特的人……"

我正想问他一个冒昧的问题时，依沃娜出来了，端着一个咖啡盘子。她微笑着，狗在伸懒腰。她伯伯嘴角夹着烟蒂在咳嗽。依沃娜钻进我与沙发扶手之间的空位，把头靠在我的肩膀上。她伯伯倒着咖啡，一边清着嗓子，他好像脸红了。他递了一块糖给狗，狗轻轻地把它衔在上下牙齿之间，它不会咬碎这块糖的，它会含着它，眼睛失落而茫然。它从不嚼食物。

我没有注意到长沙发后面还有一张桌子，桌上放着一台中等体积的白色收音机，这种型号是传统接收机和晶体管之间的过渡产品。她伯伯拧开开关，立即听到一首加弱音器演奏的音乐。我们每个人都小口小口地饮着咖啡。她伯伯不时地将颈背靠到长沙发的靠背上，并吐着烟圈。他吐得很好。依沃娜听着音乐，用食指懒洋洋地打着拍子。

我们待在那儿,什么也不说,就像三个本来就认识的一家人一样。

"你该带他去参观一下房间了。"她伯伯小声地说。

他闭上眼睛。我和依沃娜站起身。狗向我们投来阴险的一瞥,也起身跟着我们。我们刚到楼梯口,威斯敏斯特钟突然又敲响了,而且比第一次更加不连贯,也更加急剧,以至我脑中出现了一个疯狂的钢琴家用拳头和前额敲击键盘的情景。狗被吓坏了,飞快地爬上楼梯,在楼梯顶上等我们。一只灯泡吊在天花板上,发出冷冷的黄色光线。在玫瑰色头巾和口红的映衬下,依沃娜的脸反而显得更加苍白了。置身于这种光线,我感觉到被淹没在一片铅粉之中。右边,有一个带镜子的衣柜。依沃娜在我前面打开房门。这房子的窗户朝向公路,因此,我听到好几辆卡车通过时发出的沉闷声音。

她拧亮了床头灯。床非常窄,而且,只剩下一张床绷。床绷周围围着一圈木板,床绷和木板构成了一个屋角长沙发。左边墙角,是一个上面竖有一面镜子的小型盥洗盆。靠墙放着一个白木柜子。她坐在床绷边沿上,对我说:

"这就是我的房间。"

狗坐在一块破旧得连图案都认不出来的地毯中央。过了一会儿,它起身离开房间。我仔细观察着墙壁,审视着架子，希望能发现一点依沃娜孩提时代的痕迹。这儿比其他房间热得多，依沃娜脱下了她的连衣裙，横躺在床绷中央。她穿着吊袜带、长筒袜、胸罩等所有依然束缚着女性的东西。我打开白木柜，也许里面会有点东西。

"你在找什么？"她支着两肘问我。

她眯缝起眼睛。我发现壁橱底下有一个小书包。我拿出来，人坐在地上，背靠着床绷。她把下巴放到我的肩胛窝里，朝我脖子上吹气。我打开书包，一只手伸到里面去，掏出了半截旧铅笔，铅笔的一头有一小块浅灰色橡皮擦。书包里面散发出一股让人恶心的皮革气味和蜡味——我认为。某一年暑假中的一个晚上，依沃娜就永远地合上了她的书包。

她熄了灯。是什么样的偶然和迂回，让我躺到了这个改作他用的小房间里的床绷上，躺在依沃娜身边的？

我们在那儿过了多久？不可能相信威斯敏斯特钟越来越不规则的钟乐，午夜时分它间隔几分钟叫了三次。我起了床，在阴暗之中，看见依沃娜把面孔转向墙壁了，也许她想睡觉。狗坐在楼梯平台上，摆出狮身人面像姿势，面朝着衣柜的镜子。它带着傲慢、厌烦的情绪在镜中审视着自己。

我经过时,它没有动弹。它的脖子很直,头部略微昂起,耳朵竖立。到了楼梯中央,我听见它在打呵欠。从灯泡里射出的黄色灯光令我迟钝麻木。从饭厅半开的门里面传出清晰、冷漠的音乐,人们晚上在收音机里经常听到这种音乐,它让你想到冷清的飞机场。她伯伯坐在扶手椅里面听着音乐。我一进门,他就把头转向我问:

"您好吗?"

"您呢?"

"我很好,"他回答说,"您呢?"

"好。"

"如果您愿意的话,我们继续……好吗?"

他看着我,笑容凝滞,眼光深沉,好像是站在一位即将为他拍照的摄影师的前面。

他递给我那盒王族牌香烟。我划了四根火柴都没划着。终于亮起了一束火光,我将它小心谨慎地移到烟头前。我吸了一口烟,在我印象中,这是第一次抽烟。他审视着我,皱起了眉头。

"您不是体力劳动者。"他极其严肃地指出。

"我为此而懊恼。"

"为什么呢,老兄?您以为摸索那些发动机很有趣吗?"

他看着自己的双手。

137

"有时,这肯定会带来一些乐趣的。"我说。

"啊,是吗?您果真以为是这样的吗?"

"汽车终究是一项伟大的发明……"

但是,他不再听我讲了。音乐声停止了,播音员——他的语调既有英国味,又带瑞士腔,我寻思着他的国籍——讲了一段话,过了这么多年,我仍时常在独自散步的时候高声重复这段话:"女士们,先生们,日内瓦音乐台的播音今天到此结束。明天见。祝大家晚安。"她伯伯没去关收音机开关,我不敢关,只听见持续的"沙沙沙"的干扰噪音,就像风吹动树叶发出的声音。饭厅里充溢着某种清爽和新鲜的气味。

"依沃娜是个可爱的姑娘……"

他成功地吐了一个烟圈。

"远远不止这些。"我回答说。

他饶有兴味地直视着我的双眼,好像我讲了一句非常重要的话一般。

"我们走走好吗?"我建议,"我双腿发麻。"

他起身,打开落地窗。

"您不害怕吧?"

他用手指了指笼罩在黑暗之中的停车棚。我辨认得出,每隔一定的距离亮着一盏光线微弱的灯泡。

"这样,您就可以看一下停车场了……"

双脚一踏上这块广阔的黑暗场地，我就闻到了一股汽油味，这气味总让我激动——我至今无法知道确切原因——这种气味闻起来柔和得像乙醚或是包着巧克力块的锡纸的气味。他拉着我的胳膊，我们向越来越阴暗的地方走去。

"是的……依沃娜是一位很奇特的姑娘……"

他想开始交谈。他围绕着这个他挂在心上而且肯定没有同很多人谈论过的话题。总之，他也许还是第一次谈这个话题。

"奇特，但很讨人喜欢。"我说。

为了使说出的句子清晰易懂，我嗓音提得很高，用了一种出奇的矫揉造作的假嗓子。

"您看……"这是他在倾诉前的最后一次犹豫，他挽着我的胳膊，"她很像她父亲……我兄弟是个爱冒险的狂热的人……"

我们笔直向前走。我慢慢地习惯了黑暗，每隔二十米左右，才有一盏灯打破这种黑暗。

"依沃娜是我的心病……"

他点燃一支烟。我一下子看不见他了，因为他松开了我的胳膊，我靠他红亮的烟头来辨别方向。他加快了步子，我担心跟不上他。

"我跟您说这些，是因为您看起来很有教养……"

我轻轻咳嗽,不知道该怎么回答他。

"您出身名门,您……"

"哦,不……"我说。

他走在我前面,我用双眼寻找着红红的香烟头。周围一盏灯也没有。我向前伸出两只胳膊,以免撞到墙上去。

"依沃娜是第一次碰上一位出身名门的年轻人……"

他短笑了一声,用很低沉的声音说:

"是不是,我的先生?"

他紧紧地抓住了我的胳膊,抓到了二头肌上。他面对着我,我又看见了他那磷光闪闪的烟头。我们没有动。

"她已经做了那么多蠢事……"他叹了口气,"而现在,又沾上了电影这种事……"

我看不见他,但是我很少在一个人身上感觉到这么多的疲惫和顺从。

"跟她说理没有用……她像她父亲一样……像阿贝尔……"

他拉住我的胳膊,我们又开始行走。他把我的二头肌夹得越来越紧。

"我跟您讲这么多,是因为我发现您讨人喜欢……而且很有教养……"

我的脚步声在偌大的停车场里回响着。我弄不明白,在这一片黑暗之中，他是怎样辨别方向的。如果他把我甩掉，我是没有任何机会找到回去的路的。

"我们是不是回去？"我问。

"您看，依沃娜总喜欢过那种超出自身能力的生活……这是危险的……非常危险……"

他松开我的二头肌，为了不至于和他失散，我用两个手指夹住他的衣角。他并没有为此生气。

"十六岁那年，她想方设法买了一大堆的化妆品……"

他加快了步伐，我一直牵着他的衣角。

"她不愿跟本区的人来往……偏爱斯波尔亭的避暑者……像她父亲……"

头顶上一个连着一个的三盏灯泡使我眼花缭乱。他转向左边，用手指在墙上摸索着。在开关发出"啪"的一声后，一束非常强烈的光线包围了我们，整个停车棚被固定在屋顶上的几盏聚光灯照得通亮，停车棚显得更加宽阔。

"对不起，我的先生，我刚才没法开亮其他地方的'聚光灯'。"

我们到了停车棚尽头。美国汽车一辆挨一辆地排列着，一辆肖松牌旧卡车的轮胎瘪下去了。我注意到，在我们左边，有一个和暖房相似的玻璃车间，它的旁边，呈方形地放置着一些种植着绿色植物的小桶。在这块地方，地上撒了些砾石,常春藤攀附在墙上,甚至还有一个棚架、一张桌子和一些花园椅子。

"您对我的农舍有什么看法,嗯,我的先生?"

我们走进花园,在花园桌边面对面地坐了下来。他把双肘支在桌子上,下巴搁在手掌里。他显得筋疲力尽。

"当我摆弄马达厌烦了的时候,就来这儿歇息一下……这是我的绿树棚……"

他给我指了指那些美国小汽车和后面的那辆肖松牌卡车。

"您看见了那堆活动废铁了吗?"

他做了一个厌烦的动作,好像在赶苍蝇。

"人不热爱他的职业是很可怕的……"

我装出一个怀疑的微笑。

"那么……"

"您呢,您还喜爱自己的职业吗?"

"喜爱。"我说,其实我并不很清楚是什么职业。

"在您这样的年龄,人们有着如火的激情……"

他用温柔的眼光凝视着我,这眼光让我拘束不安。

"如火的激情。"他小声地重复着。

我们坐在花园桌边,我们在那个宽大的停车棚里显得那么小。绿色植物盆栽、常春藤和沙砾构成了一片出乎意料的沙漠绿洲。它们将我们与周围的荒凉环境隔离开来：那组待修的小汽车（其中一辆车缺了挡泥板）和那辆车底烂了的卡车。聚光灯照出的光线是冷色调的，但是，不是我和依沃娜穿过的楼梯和走廊里的那种黄色光。不是的，这光是灰蓝色的。冰冷的灰蓝色。

"您想喝点薄荷水吗？我这儿只有这个……"

他向玻璃车间走去，拿回来两个杯子、一瓶薄荷，外加一长颈大肚瓶的水。我们碰杯。

"老兄，很久以前，我就问自己，在这个停车场干什么……"

很明显，那晚，他需要向别人倾诉心里话。

"对我来说，这儿太大了。"

他用手臂扫了一下整个停车场。

"首先，阿贝尔离开我们了……然后是我妻子……现在是依沃娜……"

"但是，她常常回来看你的呀。"我向前靠了靠。

"不，小姐想拍电影……她自以为是马蒂娜·卡罗尔[①]……"

[①] 法国演员（1920—1967），出生于工厂主之家。因拥有让人惊艳的出众外貌，经常出演富有魅惑力的金发美女类角色，曾是法国电影界最具票房号召力的性感女星之一。

"但是,她终究会成为另一位马蒂娜·卡罗尔的。"我用坚定的声音反驳了一句。

"算了……不要讲傻话了……她太懒了……"

他呛了一口薄荷水,透不过气来。他咳嗽起来,而且无法停止,脸涨得通红。他肯定会窒息的。我在他背上使劲地拍打,直到他停止咳嗽。他抬起眼睛看着我,眼中充满了感激。

"我们不要再忧虑了……嗯,我的先生?"

他的声音比任何时候都要沙哑,完全衰竭了。我只能听懂一半的词语,但这足以使我猜出其他的。

"您是一个善良的小伙子,您,我的先生……而且懂礼貌……"

突然,传来了关门的声音,声音非常遥远,但回声反射了过来。声音来自停车棚尽头。饭厅的门离我们这儿有一百米左右。我认出了依沃娜的侧影,她的红棕色头发,在不梳起来的时候,能一直垂到腰际。从我们坐的地方望去,她显得好小,像个小人国里的小矮人。狗有齐她胸口那么高。我永远也不会忘记一个小女孩和一个高大的看门狗向我们走过来,慢慢恢复他们真实比例的情景。

"她来了,"她伯伯说,"您不要跟她重复我跟您讲过的话,嗯? 这是我们俩的秘密。"

"当然……"

我们的眼睛一直没有离开过她,看着她穿过停车棚。狗在前面探路。

"她看起来多么小。"我说。

"是的,很小,"她伯伯说,"还是个孩子……任性的孩子……"

她看见我们了,挥动着手臂,喊着"维克多……维克多……"这个并不属于我的名字,声音在停车棚的两头久久回荡。她和我们会合了,过来坐在桌边,坐在我和她伯伯之间。她有点气喘吁吁。

"你真可爱,来给我们做伴,"她伯伯说,"你想喝薄荷水吗?清凉的?加冰的?"

他重新给我们每人倒了一杯。依沃娜朝我微笑,我像往常一样,感到一阵眩晕。

"你们两人在谈些什么?"

"谈生活。"她伯伯说。

他点着了一支王族牌香烟,我知道,他会把烟夹在嘴角,一直到烟烧到嘴唇。

"伯爵他很善良,而且非常有教养。"

"哦,是的,"依沃娜说,"维克多是个很完美的人。"

"重复一遍。"她伯伯说。

"维克多是个很完美的人。"

"你们真的这么认为?"我问他们,看看这位,又望望那位,大概是我的表情很古怪,因为依沃娜拧着我的脸,像下保证似的说:

"是的,你是个很完美的人。"

她伯伯评价更高。

"完美无缺,老兄,完美无缺……您是个完美无缺的人……"

"那好……"

我打住不说了,但我记得,我很想再说一句:"那好,您能把您的侄女嫁给我吗?"这是最理想的时刻,我现在仍然这么想。是的。我没有讲完我要说的话。他用一种越来越沙哑的声音说:

"完美无缺,老兄,完美无缺……完美无缺……完美无缺……"

狗从树木中间伸出头来看着我们。从那天晚上起,我们本来可以开始一种新的生活。我们永远也不该分开。坐在这个巨大的此后肯定会被拆毁了的停车棚里,置身于她和他之间,我感到自己是那样的幸福。

十一

时间像颜色变幻不定的水蒸气,忽而淡绿色,忽而带有粉蓝色,把所有这些事情都笼罩起来了。是水蒸气吗?不,是一方不可能撕破的隔音薄纱,透过它,我看见了依沃娜和曼特,但我再也听不见他们在说什么。我担心他们的轮廓最终会变得模糊不清,为了让他们还保留一点真实……

尽管曼特比依沃娜大几岁,但是他们很早就认识。让他们走到一起的,是他们各自所感受到的生活在这个小城市的苦恼以及他们对未来的计划。一有机会,他们就算计着离开这个只有在夏天旺季的那几个月才繁荣一点的"旮旯"(曼特用语之一)。曼特那时正好和住在芒顿大饭店的一位拥有十亿资产的比利时男爵结下了友谊。那位男爵迅速爱上了他,这并不令我惊奇,因为曼特二十岁的时候,他的外表是颇具魅力的,而且非常幽默。那位比利时人再也不愿离开他了。曼特将依沃娜当作他的"妹妹"引见给了男爵。

就是这位男爵使他们从"旮旯"里跳了出来。他们总是用一种几乎是子女对待父亲的爱戴情感在我面前谈论他。他在开普-费哈角拥有一幢很大的别墅,而且在比亚利兹的王宫饭店永久性地租用了一个套房,在日内瓦的美丽湖滨饭店也租了一套。一群男男女女寄生虫围着他转,他走到哪里,他们就跟到哪里。

曼特时常向我模仿他的步态。男爵身高近两米,步子迈得很快,背非常驼。他有一些奇怪的习惯:夏天,他不愿意晒太阳,整天待在王宫饭店的套房里或者开普-费哈角别墅的客厅里。他关上护窗板和窗帘,打开灯,还迫使几个漂亮小伙子给他做伴。这些人最终也就失去了漂亮的黝黑色皮肤了。

他的脾气变化无常,也不容别人跟他辩驳。忽而粗暴、忽而温柔。他常常长吁短叹地对曼特说:"实际上,我是比利时的伊丽莎白王后……可怜的人,可怜的伊丽莎白王后,你知道……你呢,我相信你能理解这个悲剧……"在与他的接触中,曼特了解了比利时王室所有成员的名字,而且能在几秒钟之内,在一张纸质桌布的一角画出王室系谱树。他在我面前写过好几次,因为他知道我对此很感兴趣。

他崇拜阿斯特利德王后也是从那时开始的。

男爵那时五十岁,游览了很多地方,结识了一大批有趣而且高雅的人。他经常拜访他在开普-费哈角的邻居,英国作家萨默塞特·毛姆,他们是密友。曼特记得和毛姆吃过一顿晚餐。毛姆对他而言,是个陌生人。

其他的人没有那么有名,但是都很"有趣",他们经常同男爵打交道,被男爵豪华而又出人意料的频繁变化深深吸引。一个"团体"形成了,它的成员生活在永无止境的假期中。在那段时间里,人们乘坐五六辆敞篷小汽车去开普-费哈角别墅,去朱昂-莱-班跳舞,或者参加圣让-德-吕兹的斗牛①。只有雅克·法特和伍拉蒂米尔·拉什维斯基的"团体"可以和男爵的相媲美。

依沃娜和曼特是里面最年轻的,她那时刚十六岁,曼特二十岁。人们很喜欢他们俩。我叫他们让我看看照片,但是他们两人都声称没有保存下来。另外,他们也不主动谈论这一段时间的事情。

---

① 法国南部一种类似西班牙斗牛的娱乐活动。

男爵神秘地死去了。是自杀,还是交通事故?曼特在日内瓦租了一个套房。依沃娜住在那儿。后来,她开始工作,在米兰的一家服装店当时装模特,但是,她没有说到过这方面的具体情况。曼特在此期间去医学院学医了吗?他经常对我声称"在日内瓦行医",而每一次,我都想问一句:哪方面的医生?依沃娜往返于罗马、米兰和瑞士之间,成了人们所说的"流动模特"。这就是她告诉给我的一些最起码的事情。她是在罗马还是在米兰碰到马德加的,或者在男爵"团体"内的那段时间?当我问她是通过什么方式认识他,因为什么契机使他选中了她扮演《来自山里的情书》中的角色时,她总是避而不答。

无论是她还是曼特,都从来没有同我详细地讲述过他们的生活,我只是从一些模糊、矛盾的迹象中了解到的。

那个将他们从家乡带出来,又把他们带到蔚蓝海岸和比亚利兹的男爵,我终于把他的名字查出来了。(他们拒绝对我说出他的名字,是因为羞耻吗?是想把事情搞混?)总有一天,我要寻找加入过男爵"团体"的所有成员,也许里面有那么一个人能回忆起依沃娜……我要去日内瓦和米兰。他们留给了我一副不完整的拼图,我能够找回那些失落的拼块吗?

我遇见他们时,是他们离家很久以后回故乡度过的第一个夏天。经历了在各地短暂居留的几年别离,他们又感到家乡具有异国情调了。依沃娜向我吐露说,如果她快十六岁的那年,知道有一天她住在埃尔米塔日饭店竟有一种身处陌生的温泉城市的感觉,她肯定会十分惊奇的。开始,我对这样的话感到愤慨。我做梦都想出生在外省的一个小城市里。我不明白,人们怎么能够抛弃童年时代的居住地、街道、广场、房屋,这所有的一切组成了多么别具一格的风景。那是你的根基。我也不懂人们怎么会在回到故乡时无动于衷。我严肃地跟依沃娜讲解了我这个无国籍者的观点。她不听我说。她穿着有窟窿的丝质睡裙,躺在床上抽着马拉提牌香烟(就因为她觉得"马拉提"这名字非常时髦,有异国情调和神秘气氛。可这个意大利加埃及式的名字让我厌倦得直打呵欠,因为这名字像我的)。我跟她谈论201国道,谈圣克利斯朵夫广场,谈她伯伯的停车场。还谈了斯普朗迪德电影院?还有王家大街,也许她在十六岁那年沿着它行走的时候,在每一个玻璃橱窗前驻足停留过?还有其他那么多我不知道的地方,它们肯定在她的心中留下了许多记忆。例如火车站,或者卡西诺花园。她无所谓地耸耸肩。没有,这所有的一切对她不再具有任何意义。

然而,她还是好几次带着我去了一个大茶馆。我们将近下午两点的时候去那儿,避暑者那时都在湖滩,或者在睡午觉。必须先走连拱廊,过了塔韦尔纳小酒店后,穿过一条街道,再沿着连拱廊走一段路。连拱廊实际上是盖在两幢巨大的楼房的四周,这两幢建筑物和卡西诺俱乐部建造于同一时期,它使人想起十七区周围的古维翁-圣西尔林荫大道以及狄克斯米德、利斯和索姆林荫大道上一九三〇年建造的那些房屋。这地方叫雷加内,连拱廊给它遮住了太阳,它没有塔韦尔纳小酒店那样的露天座。我猜想,那建筑也曾辉煌一时,但塔韦尔纳小酒店把它挤垮了。我们坐在最里面的一张桌子旁边。收款窗口的那位留着棕色短发的小姐叫克洛德,是依沃娜的朋友。她过来和我们坐在一起。依沃娜向她打听一些人的消息,我以前听她和曼特谈到过这些人。是的,露西接替她父亲经营拉·科路查兹饭店。波洛·埃尔维欧在古董店里干活。平班·拉沃勒尔开起车来仍像疯子,他刚买了一辆捷豹车。克洛德·布朗在阿尔及利亚。"耶耶特"失踪了。

"你呢,在日内瓦还好吗?"克洛德问她。

"噢,还可以,你知道……不错……不错……"依沃娜一边回答她,一边想着心事。

"你住在家里吗?"

"不,住在埃尔米塔日饭店。"

"住在埃尔米塔日饭店?"

她露出讥讽的笑容。

"你应该来看看房间,"依沃娜建议道,"很有意思的……"

"好啊,我很乐意……等哪天晚上……"

她跟我们一起喝了一杯。偌大的雷加内大厅空空荡荡。太阳光将栅栏的影子投射到墙上。深色木头柜台后面,有一幅壁画,画的是大湖和阿拉维斯山脉。

"这儿没有什么人。"依沃娜说。

"只有一些老人……"克洛德说。她不自在地笑着。

"跟以前不一样,嗯?"

依沃娜强打笑容,她也一样。然后,她们都沉默不语。克洛德盯着自己的指甲,她的指甲剪得很短,涂了一层橘红色的指甲油。她们之间无话可说了。我很想向她们提一些问题。露西是谁?波洛·埃尔维欧呢?她们是从什么时候认识的?依沃娜十六岁的时候是什么样子?雷加内在改成茶馆之前是什么样子?但所有这些问题都不会使她们两个人真正感兴趣。总之,只有我一个人关心着这些法国公主的过去。

克洛德一直把我们送到旋转门那儿,依沃娜跟她吻别。她又一次建议道:

"什么时候愿意来埃尔米塔日饭店吧,看看我们的房间……"

"好的,等哪天晚上吧……"

但是她一直没有来。

除了克洛德和她伯伯以外,依沃娜好像与这个城市没有任何牵连。我很惊奇,有些人因为运气好,在某个地方有自己的根基时,他们怎么能够如此迅速地斩断它们呢?

"豪华"大旅馆在最初的日子里能给人假象,但是,很快,阴暗的墙壁和家具跟那些不三不四的旅馆里面的一样,散发着同样的凄凉气息。乏味的豪华,走廊上我无法辨别的要甜不甜的气味,应该是焦急、动荡、流浪和造假混合而成的综合气味。这种气味一直陪伴着我。我父亲经常跟我在那些带橱窗、镜子和大理石的旅馆大厅,实则是等候厅里约会。确切地说,是什么气味呢?是南森护照[①]的古怪气味。

但是,我们并不总是在埃尔米塔日饭店过夜。曼特每星期邀请我们两三次去他那儿睡觉。那些晚上,他就必须暂时离开。我呢,则忙于接电话,记下对方的名字和"留言"。第一次住在那儿的时候,他就明确跟我说过,电话可

---

① 一种为无国籍难民而设的、被国际承认的身份证。

能在晚上的任何时候响起，不过，他没有透露那些神秘的通话者是何许人。

他住的是他父母的房子，位于一个住宅区的中间，在卡拉巴塞尔林荫道前面。沿着阿尔比尼大道，然后向左拐，就在省府的后面。一个荒凉的街区，街道两旁种了树，树枝、树叶形成穹形拱顶。本地有产者别墅的主墙面和建筑风格按照富裕程度千变万化。曼特的房子位于让-夏尔科大道和马尔利奥兹街道的交汇处，和其他房子比起来，显得十分寒酸。房子表面颜色是灰蓝色的，一个小阳台朝向让-夏尔科大道，街道那边开有一个凸肚窗。共有三层，第三层是复折屋顶层。花园的地面上铺着沙砾。篱笆墙无人照管。在成鳞片状剥落的白木大门上，曼特用黑色油漆笨拙地写着（是他自己跟我讲的）：凄凉别墅。

的确，这座别墅没有散发出一点愉快的气息。然而，开始的时候，我认为冠之以"凄凉"这一形容词并不贴切。但后来，我终于明白，如果你能从"凄凉"二字的音色上领会出某种温柔和纯净的成分的话，曼特这样写是有道理的。你一跨进别墅的大门，马上就有一种纯净而凄凉的气息向你袭来。你走进了一个沉寂的区域。风更轻了。你漂浮着。家具可能给卖掉了，只剩下一张笨重的皮沙发，在沙发的扶手上，我发现了一些爪印。左边，是一个装着玻璃的书柜。

坐在长沙发上,面前五六米的地方是阳台。镶木地板很亮,但是保养得不好。直接放在地上的带黄色灯罩的上彩釉的陶质灯照亮了这间大房。电话安在隔壁房里,两房之间有一条走廊。同样没有家具。红色窗帘遮住了窗户。墙壁颜色和客厅里的一样,是赭石色的。靠右墙放着一张行军床。对面墙上一人高的地方,挂着一张达里德版法国西非殖民地地图和一张达卡市的空中风景照片,嵌着照片的相框很细,照片好像来源于某个旅游事业联合会一样。照片已经变成淡褐色了,从陈旧程度可以判断拍了二十多年了。曼特告诉我,他父亲在"殖民地"工作过一段时间。电话放在床脚下。小分支吊灯上装饰着几支假蜡烛和假水晶。曼特睡在这儿,我想。

我们打开了阳台上的落地窗,躺在沙发上。沙发有一股非常奇特的皮革味,我只在洛尔-比荣大街我父亲办公室里的两个扶手椅上闻到过这种气味。那是他在布拉柴维尔旅行和在神秘而虚幻的"非洲承包公司"工作期间。这公司是他自己创建的,我对此知之甚少。沙发的气味、"达里德"法国西非地图,还有达卡空中风景照片形成了一系列的巧合。在我脑海里,曼特的房子密不可分地和曾经抚慰过我童年的"非洲承包公司"这六个字联系在一起。我重新感受到了洛尔-比荣大街办公室的气息,闻到了皮革的芳香,看到了昏暗的光线,听见了我父亲与满头银发的高雅的黑人之间没完没了的交谈……是不是因为这个,我和依沃娜才待在这间客厅里?我真的认为时间会停下来吗?

我们漂浮着。我们的动作无限地慢,当我们移动时,是一厘米一厘米地匍匐而行。一个突然的动作会破坏这种魅力的。我们小声说话。夜色通过阳台涌入房间,我看见尘埃在空中停滞了。骑自行车的人经过,我听见自行车的"嗡嗡"声响了好几分钟。它也是一厘米一厘米地往前移动,它漂浮着。我们周围的一切都漂浮着。夜幕降临后,我们甚至连灯也不开。让-夏尔科大道上最近的一盏路灯,洒下雪白的灯光。永远也不要走出这幢别墅,永远不要离开这个房间。躺在沙发上,或者地上,就像我们越来越频繁做的那样。我惊讶地在依沃娜身上发现,她原来有着如此大的放任自流的才能。而我放任自流只因自己恐惧运动,对移动的、逝去的、变化的东西感到焦虑,渴望不再走在流沙上,希望在不想再动之时,能定居在某个地方。在她身上呢?我认为,就是简简单单一个"懒"字,就像藻类植物。

有时,我们甚至躺在走廊上,并在那儿待上整整一个夜晚。一天晚上,我们钻进通向二楼的楼梯底下的杂物堆放处,我们被卡在一堆模模糊糊的东西中间,据我辨别,大概是柳条箱。不,我不是在做梦:我们匍匐着移动。我们各自从房间相对的一点出发,在黑暗中匍匐前行。必须尽可能地小声些,尽可能地慢些,好让一个突然袭击另一个。

一次,曼特要第二天晚上才回来。我们待在别墅里没有出门。我们躺在阳台边缘的地板上,狗在沙发中间睡觉。那是一个阳光灿烂的宁静的下午。树叶轻轻地摆动着。一首军乐从遥远的地方传来。不时地,一辆自行车发出轻微的声音,从路上经过。很快,我们就听不见任何声音了。它们被一团非常柔软的棉花压制住了。我现在仍然相信,如果曼特不回来,我们会永远不出门,我们宁愿让自己饿死或者渴死,也不愿走出别墅。从此之后,我再也没有经历过比那时更充实、更漫长的时刻了。好像吃了鸦片一般。

电话总是在午夜以后,以古老的方式,丁零当啷地响起来。纤弱的铃声,细如游丝,但足以在夜空中构成威胁,足以撕破夜幕。依沃娜不愿我去接。"别去。"她嘟哝着。我摸着走廊爬行着,找不到房间的门,四处碰壁。而过了房门后,又必须爬行到电话机旁边,没有任何可以看见的标记。在拿起听筒前,我感到一阵惶惶不安。那个声音——总是那个声音——让我惊恐,声音很用力,但又像是被什么东西减弱了的声音。空间?时间?(我有时甚至认为是一盘旧录音带)开头的方式是一成不变的:

"喂,我是亨利·古斯底凯……您听见了吗?"

我回答说:"听见了。"

过了一会儿。

"请您对医生讲,我们明天二十一点在日内瓦的伯尔维等他。您听明白了吗?……"

我脱口而出,说了一声"明白了",声音比第一次更加有气无力。他挂断了电话。他不确定约会地点的时候,就留口信:

"喂,我是亨利·古斯底凯……(过了一会儿)请您对医生说,马克斯上校和盖罕上校来了。我们明天晚上来看他……明天晚上……"

我没有气力回答他。他已经挂了电话。"亨利·古斯底凯"——我们每次问曼特有关他的事情时,他都不回答——对我们来说,他成了一个危险人物,我们感到他夜晚在别墅周围不怀好意地转来转去。我们不知道他长什么样,也不知道这件事,但是,他变得越来越纠缠不休。我开玩笑吓依沃娜,一边远离她,一边用凄凉的声音在黑暗中重复着:

"喂,我是亨利·古斯底凯……我是亨利·古斯底凯……"

她吓得大喊大叫。我也受到传染,感到好害怕。我们的心怦怦地跳着,等着电话响起丁零当啷的铃声。我们蜷缩在行军床底下。一天晚上,电话铃又响了,我花了好几分钟才拿起话筒,就像在噩梦中,每个人的动作都像灌了铅一样沉重。

"喂,我是亨利·古斯底凯……"

我一个音也发不出来。

"喂,您听见了吗?……您听见了吗?"

我们屏住呼吸。

"我是亨利·古斯底凯,您听见了吗?"

声音越来越微弱。

"古斯底凯……亨利·古斯底凯……您听见了吗?"

他是谁?他从哪儿打来电话?还有一阵轻微的耳语:

"底凯……听见了吗?"

然后,什么也没有了。把我们与外面世界联系起来的最后一根线断了。我们又听任自己重新滑进了深渊,那儿,没有人——我希望——再来打扰我们了。

十二

　　这是第三杯"清澈的波尔图葡萄酒"。他的眼睛没有离开过挂在一排排酒瓶子上面的昂德利克斯的大照片。昂德利克斯正处于他的顶峰时期,这张照片拍于十二年前那个夏天的夜晚,我愤怒地看着他和依沃娜跳舞。昂德利克斯在照片上显得年轻、颀长而浪漫,兼有墨尔摩兹和雷青斯特兹公爵的气质。经营斯波尔亭酒吧间的那位小姐,在我问到她有关我的"情敌"的情况那天,曾给我看过这张旧照片。从此之后,他就开始变臃肿了。
　　我猜想,曼特凝视着这件"历史文献"时,终于笑了,是他的那种出人意料的笑,这笑从来不表达愉悦的情感,而是一种神经质的发泄。他想到了比赛后我们三个人在圣罗兹的那个夜晚吗?他肯定数过年份了:五、十、十二……他有数年份和日子的癖好。"一年零三十三天之后,将是我的二十七岁生日,我和依沃娜认识有七年零五天了……"

另一位顾客付清他的"不甜的香槟酒"之后,摇摇晃晃地离开了。他拒绝加付电话费,声称他从来没有打过电话给"尚贝里233"。因为争论有持续到黎明的可能,于是曼特对他说,他自己来付电话费。另外还说,是他曼特,打过电话给尚贝里233。是他,他一个人打的。

很快到了午夜。曼特最后看了一眼昂德利克斯的照片便朝桑特拉门口走去。他正要出去时,两个男人进来了,撞了他一下,几乎没有道歉。然后是三个,五个。人越来越多,而且还在不断地拥进来。他们每个人的大衣翻领上都别着一个长方形小牌,上面写着"国际游览"。他们高声说话,笑得很响,彼此亲热地拍着背。这些人无疑是酒吧女招待刚才所说的"大会"的成员。其中有一位,围着他的人比其他的人多,在抽着烟斗。人们在他边上东奔西跑,称呼他"主席……主席……主席……"曼特试着挤出一条道来,但是白费劲。他们把他几乎推到了酒吧柜台边。他们形成了密集的人群。曼特在他们中间弯来绕去,寻找着突破口,在人缝里到处钻,可是又一次受到挤撞,失去了地盘。他满头大汗。其中一位把手搭在他肩膀上,可能把他当成"同行"了,曼特马上融进了这个团体之中:"主席"的团体。他们像在高峰时间里的"肖泽·当丹"地铁站里那样急迫。小个子主席用手掌保护着他的烟斗。曼特终于摆脱了混乱的人群,运用肩膀和双肘的力量挤到了门边。他拉开门,溜到了街上。有个人跟了出来,并责备他道:

"您去哪儿?您是'国际游览'的吗?"

曼特不理他。

"您得留下来,主席要请大家喝一杯。回来吧,别走……"

曼特加快了步子。另一位用恳求的声音说:

"回来吧,别走……"

曼特走得越来越快,另一位开始喊叫起来:

"主席会发现少了一位'国际游览'成员的……回来……回来……"

他的声音在寂静的大街上回响。

曼特现在来到了卡西诺前面喷射的水柱前。冬天,它不变换色彩,而且升起的高度远不及旺季时期。他观察了一会儿水柱,然后穿过阿尔比尼大道,顺着大道左侧的人行道行走。他踉踉跄跄,缓缓前行,好像在闲逛。他时不时地用手拍打着梧桐树皮。他沿着省政府行走。当然,他取道左手的第一条街——如果我的记忆准确——马可-克罗斯基大道。十二年前,这排新房屋还不存在,这个位置,是一个无人照管的花园,花园中间矗立着一幢无人居住的高大的兼具英国和诺曼底风格的房子。他到了佩里奥十字路口。我和依沃娜以前常坐在其中的一张凳子上。他走上了右边的皮埃尔-福尔桑大道。我闭着眼睛也能走这条路。街区并没有多大变化。因为某些秘而不宣的原因,人们没有破坏它。围有花园和小篱笆墙的别墅和街道两旁的树木依然如故,只是没有树叶,冬天让所有这一切显出一片凄凉的景象。

现在到了马尔利奥兹街道。别墅在街角,那儿,左边。我看见别墅了。我看见你走得比刚才更加慢了,你用肩膀推开了木门。你坐在客厅里的沙发上,没有开灯。对面的路灯,洒下雪白的灯光。

"十二月八日……A 城医生,勒内·曼特,三十七岁,于星期六凌晨,在自己的寓所自杀身亡。自杀者打开了煤气。"

看完报纸上这几行字后,我沿着——我不知道为什么——卡斯蒂奥纳街的连拱廊漫步。当地的日报《多菲内[①]报》提供了更多的细节。曼特有幸上了报纸的头版,标题是:"一个 A 城医生的自杀……"详细内容登载在第六版的

---

① 法国东部的旧省名。

当地新闻栏里：

十二月八日。勒内·曼特医生昨天晚上在让-夏尔科大道5号他的别墅里自杀身亡。B小姐是医生的雇员，像每天早上那样，走进他的房子，立即对煤气味引起了警惕。但是太晚了。曼特医生应该留下了一封遗书。

昨晚，在开往巴黎的快车到站时，有人看见他在火车站。有人证实，他在索梅埃大街23号的桑特拉待了一段时间。

勒内·曼特医生开始在日内瓦行医，后来回到A城——他的家乡，已经五年了。他从事骨科治疗。人们知道，他遇到了一些职业方面的困难。这些困难可以解释他自杀的行为吗？

他三十七岁，是亨利·曼特的儿子。亨利·曼特是抵抗运动时期的英雄和烈士，我们城市里有一条街道就是用他的名字命名的。

我漫无目的地走着，不由自主地走到了卡鲁塞尔广场。我穿过广场，走进了方形庭院前面卢浮宫包围起来的两个花园中的一个。冬天的太阳十分温和,孩子们在拉法耶特将军塑像脚下的坡形草地上玩耍。曼特的死将使一些事情成为解不开的谜。我永远也无法知道谁是亨利·古斯底凯了。我高声地重复着这个名字:古斯——底——凯,古斯——底——凯,重复着这个除了对我和依沃娜之外,没有任何意义的名字。她现在怎么样了呢? 使我们对一个人的死更加敏感的,是那些存在于他和我们之间的口令,那些突然一下子变得毫无意义和用处的口令。

古斯底凯……那时,我做过成千上万种设想,一个比一个站不住脚,但我感觉到,真相肯定是很离奇的,而且是令人担忧的。曼特有时请我们去别墅喝茶。一个下午,将近五点,我们坐在客厅里,听着勒内喜爱的曲子《莫扎特咖啡馆华尔兹》,他一遍又一遍地放着唱片。有人按门铃。他竭力克制着面部肌肉的紧张抽搐。我看见——依沃娜也看见——楼梯平台上,两个男人搀扶着一个满脸鲜血的人。他们迅速穿过前厅,朝曼特的房间走去。我听见他们中的一个人说:

"打一针樟脑,否则,这个下流坯会让我们完蛋的……"

是的,依沃娜也听见了这句话。勒内走到我们身边,叫我们立即离开。他用干巴巴的语气说:"我会向你们解释的……"

他没有跟我们解释,然而,我只需瞥一眼那两个男人就足以明白,这牵涉到警察或与警察局有某种关系的人。一些证明和古斯底凯的留言使我更加坚信自己的看法。那时,正值阿尔及利亚战争期间,曼特前往赴约的日内瓦变成了中转站:形形色色的警察,警察局林立,地下网络。我从来就没有弄明白过,曼特在中间充当什么角色呢?好几次,我都猜想,曼特肯定是愿意相信我的,但他觉得我太年轻。或者,很简单,他对秘密有极大的厌倦情绪,他宁愿保守自己的秘密。

但是,有一天晚上,我不停地用开玩笑的方式问他,那位亨利·古斯底凯是谁,依沃娜也像逗弄他似地重复着那句惯用语:"喂,我是亨利·古斯底凯……"曼特的表情显得比平时紧张许多。他用低沉的声音说道:"如果你们知道了这些坏蛋叫我干的所有事情……"他又急促地加上一句:"我不在乎他们在阿尔及利亚干的好事……"接着,他又恢复了他的无忧无虑的个性和愉快的情绪,还建议我们去圣罗兹。

十二年后,我明白,我并不很了解勒内·曼特,我责怪自己在每天见到他的那段时间里,太缺乏好奇心。从此以后,曼特的形象——还有依沃娜的——变得模糊了,我印象中觉得,就像透过毛玻璃一样,我再也认不出他们了。

这儿,广场中心的小公园的石凳上,那张载有勒内死亡消息的报纸在我身边,我回想着那个季节里的一些短暂片断,但是这些片断跟往常一样模糊。譬如一个星期天晚上,我和曼特、依沃娜在湖边的一个不起眼的小饭店里吃晚饭。

接近午夜时，一群流氓围住了我们的桌子，开始攻击我们。曼特保持着高度的镇静，抓起一只酒瓶，在桌边砸碎了，挥舞着布满锋利玻璃尖口的瓶颈说：

"谁第一个上来，我就割烂他的嘴巴……"

他说这句话时，采用了一种恶毒的快乐语调，让我害怕。其他人也一样。他们退下去了。在回去的路上，他低声地说：

"没想到他们也害怕阿斯特利德王后……"

他特别欣赏这位王后，总是在身上携带着一张她的相片。他终于相信，在前世，他就是那位年轻、美丽而又不幸的阿斯特利德王后。除了阿斯特利德的相片外，他还带着那张我们三个人在比赛那天晚上到场时被拍下的照片。我携带着另外一张，是在阿尔比尼大道上拍摄的。照片上，依沃娜挽着我的胳膊，狗站在我们身边，非常严肃，好像一张订婚照。我还保留着一张更为古老的相片。依沃娜送我的。这张照片是男爵时代拍摄的，照片上，曼特和她，在一个阳光明媚的下午，坐在巴斯克·德·圣让-德-鲁兹酒吧的露天座上。

这是唯一清晰的几个场景，其他的都笼罩着一层薄雾。埃尔米塔日饭店的大厅和房间、维恩德索尔花园和阿尔朗布拉饭店的花园、凄凉别墅、圣罗兹、斯波尔亭、卡西诺、乌丽冈，还有古斯底凯（但是，古斯底凯是谁？）、依沃娜·雅吉和某位克马拉伯爵的影子。

十三

差不多是玛丽莲·梦露去世的那段时间,我在杂志上读到了大量有关她的东西,我把她当作例子讲给依沃娜听。依沃娜也一样,如果她愿意,也可以在电影方面获得非凡的成功。坦率地说,她与玛丽莲·梦露具有同样多的魅力,但她必须具有同样多的恒心和毅力。

她躺在床上听着,一言不发。我跟她谈到玛丽莲·梦露艰难的起步,谈到她最初作日历画的照片、开头的一些小角色,以及艰难攀登的一级级台阶。她,依沃娜·雅吉,不应该半途而废。先是"流动时装模特",然后在罗夫·马德加的《来自山里的情书》中初次登台,刚刚又赢得了乌丽冈杯比赛。每一步都有它的重要意义。必须想到下一步,要攀登得再高一点、再高一点。

当我陈述自己对她的职业的见解时，她从不打断我。她真正听我讲了吗？最初，她也许惊奇于我如此大的兴趣，对我如此热情地同她谈论美好的未来感到满足。也许，我不时地向她传播我的热情，她自己也开始往那方面想了。但是持续不了多久，我想。她比我年长。我重新思考得越多，越认为她那时正处于一切都摇摆不定、一切又显得有些晚了的青年时期。船还在码头，只需穿过步行桥，还剩下几分钟时间……您患了轻微的关节强硬症。

　　我的演说有时逗得她笑了起来。当我跟她说，导演肯定会注意到她在《来自山里的情书》里的表演时，我甚至看见她不以为然地耸了耸肩。不可能，她不相信这一点。她没有激情。玛丽莲·梦露当初也没有。激情会来的。

　　我经常问自己，她在哪儿呢？她肯定不再是原来的那个样子了，我呢，只能凝视着照片，把她在那一段时间里的容颜记在脑海里。几年来，我想方设法，想看一次《来自山里的情书》这部片子，却始终没有找到。我问到的人都说没有这部电影。甚至罗夫·马德加的名字，他们都不大清楚。我感到遗憾。看那部影片时，我也许可以重温我熟悉而且爱慕过的她的声音、动作和眼神。

　　无论她在哪里——我想象她离我天遥地远——她都会模模糊糊地记得我们在埃尔米塔日饭店里的房间里做狗食

时所拟定的计划和要实现的梦想吗？她会想起美国吗？

因为，虽然我们俩在一起度过的日日夜夜美妙而又消沉，但这并不妨碍我憧憬我们的未来，我看到了我们越来越清晰的五光十色的未来。

我的确严肃认真地思索过玛丽莲·梦露和阿瑟·米勒的婚姻，一位来自美国中心地带的真正美国女性和一位犹太人之间的婚姻。我和依沃娜与他们几乎有着相似的命运。她，这位娇小的法国本土女郎几年之间将成为电影明星，我呢，最终会成为一个戴着大大的玳瑁架眼镜的犹太作家。

但是，法国在我眼里一下子显得那么狭小，在这儿，我不能发挥出自己真正的才干。在这个小小国家里，我能追求什么呢？做古董生意？当书籍中间商？成为喋喋不休而又畏缩不前的作家？这些职业，没有一样能激起我的热情。我必须跟依沃娜离开这儿。

我什么也不会留下，因为我没有任何牵挂，依沃娜也斩断了牵挂。我们将拥有一种全新的生活。

我是从玛丽莲·梦露和阿瑟·米勒的例子中受到了启发吗？我很快想到了美国。在那儿，依沃娜从事电影事业，我搞文学创作。我们在布鲁克林的犹太教堂里完婚。我们会碰到各种各样的困难。也许我们最终会战胜它们,如果我们克服了困难,我们的梦也就圆了。阿瑟和玛丽莲、依沃娜和维克多。

我准备很久以后再回欧洲。我们会隐居到山区——泰森①或安卡帝纳②,住在一个有花园环绕的宽敞山间小木屋里。架子上陈列着依沃娜的奥斯卡奖杯和耶鲁大学、墨西哥大学授予我的荣誉博士证书。我们会养上十来条德国狗,它们负责驱赶可能来到的参观者。我们永远不见任何人。我们像在埃尔米塔日饭店和"凄凉别墅"里面那样,整日在房间里度过。

为了我们生活的第二个阶段,我将效法宝莲·高黛③以及埃里希·马里亚·雷马克④。

或者,我们就待在美国,在乡下找一所大房子。搁在曼特客厅里的一本书的标题给我留下了深刻印象:《怀俄明的绿草坪》。我从没有阅读过这本书,但是,我现在只要看一眼《怀俄明的绿草坪》,我的心里就感到一阵刺痛。归根结

---

① 瑞士的一个州,位于阿尔卑斯山区。
② 瑞士山区。
③ 美国演员(1910—1990),主演的电影有《摩登时代》等。
④ 德国作家(1898—1970),代表作为《西线无战事》,1958年他与卓别林的前妻宝莲·高黛结婚,之后一直生活在瑞士。

底,我想和依沃娜一起生活在这个并不存在的国度,生活在高高的草丛和透明的绿色当中。

出发去美国的计划,在告诉她之前,我思考了好几天。她可能不会认真对待。首先必须安排好物质细节,不要临时抱佛脚。我得筹集旅费。我在日内瓦珍本收藏家那儿骗取的八十万法郎,还剩下一半,但我指望着另一项收入:一只珍稀蝴蝶,别在一个小玻璃盒子底下,装在我箱子里好几个月了。一位专家曾断言,这只动物起码值四十万法郎。因此,它价值约为四十万法郎的两倍,如果我把它卖给了一位收藏家,我就可以从中抽出三分之一来。我要亲自去大西洋轮船公司买票。我们将下榻在纽约阿尔贡金饭店。

然后,我指望我表姐贝拉·达维把我们引进电影界,她已经在那儿取得了事业上的成功。就这样,我的计划大体上就这样。

我数到三,在一个大楼梯的一级阶梯上坐了下来。顺着斜坡,我看见了下面的接待处,看门人正同一个抽烟的秃了顶的人在说话。她转过身来,十分惊奇。她穿了一件蓝色平纹细布连衣裙,戴着一条同样颜色的头巾。

"我们去美国好吗?"

我喊出了这句话,但很担心它待在我的喉咙眼里没出来,或者转变成了一阵腹鸣。于是,我做了一个深呼吸,更加大声地重复了一遍:

"我们去美国好吗?"

她过来坐在台阶上,挨着我,抱着我的胳膊。

"这不行吧?"她问我。

"行。这很简单……这很简单,很简单……我们去美国……"

她检查了一下自己的高跟鞋,亲吻我的面颊,叫我迟一点再跟她讲这个。过了九点了,曼特在维利埃-杜拉克的雷塞尔饭馆等我们。

这地方让人想起马恩河畔的小酒店。桌子摆在一个很大的浮船上,周围布置着葡萄架,以及种着绿色植物和灌木的盆栽。人们在烛光中吃晚饭。勒内选了一张离水最近的桌子。

他穿着米色的山东绸西装,用手臂向我们做了个手势。他身边还坐着一位年轻小伙子,他向我们介绍了,但是我忘记了他的名字。我们坐在他们对面。

"这儿真舒服。"我这样说,作为开场白。

"是的,如果愿意的话,"曼特说,"这家饭店大致可以作为约会地点……"

"从什么时候起?"依沃娜问。

"从来如此,亲爱的。"

她又看了我一眼,大笑起来。然后说:

"你知道维克多向我建议什么吗? 他想带我去美国。"

"去美国?"

很明显,他不理解。

"古怪的想法。"

"是的,"我说,"去美国。"

他带着怀疑的神情对我微笑。对于他来说,这是一句不切实际的话。他转身问他朋友:

"哎,感觉好点了吗?"

那个小伙子动了一下脑袋,以此作答。

"你现在必须吃东西。"

他像在对一个小孩说话,但这小伙子年龄肯定比我大一点。他金黄色的头发剪得很短,长着一张天使一样的脸庞,有一副摔跤运动员的肩膀。

勒内向我们解释说,他的朋友参加了今天下午举行的

"法国最健美男子"竞赛。比赛是在卡西诺举行的。他只获得了"青年组"的第三名。曼特的朋友将一只手插进头发里，对我说：

"我运气不好，什么……"

我第一次听见他说话，也是第一次注意到他淡紫蓝色的眼睛。直到今天，我还能回忆起他眼神里那种孩子气的伤心。曼特在他碟子里堆满了生食物。他的那位朋友总跟我和依沃娜说话，他觉得我们可以信赖。

"那些混账裁判……在自由造型这一项上，我应该得最高分……"

"别说话，吃饭吧。"曼特用慈爱的语气说。

从我们的桌子这儿，可以望见远处城市的灯火，如果将目光稍微转一下，另一束从河正对面射过来的闪烁的亮光将吸引你的注意力：那是圣罗兹。那天晚上，卡西诺和斯波尔亭的正墙被聚光灯照得通亮，一束束光线一直照到湖边，给湖水染上了红红绿绿的颜色。我听见被扬声器过分放大的声音，但我们隔得太远，听不清楚内容。那边正在进行声光表演。我在当地的报刊上看到，值此机会，法兰西喜剧院的一位演员，我想也许是马尔夏，将朗诵阿尔封斯·

德·拉马丁的《湖》。这也许是他的声音,我们感到声音在回荡。

"我们应该待在城里观看的,"曼特说,"我喜欢声光表演。你呢?"

他问他的朋友。

"不知道。"另一个回答,他的眼神比刚才更加失望。

"我们等一下可以经过那里。"依沃娜微笑着建议道。

"不行,"曼特说,"我今晚必须去日内瓦。"

他到底去干什么呢?他到古斯底凯在电话中指示的伯尔维或者阿哈萨楼去会见谁呢?有一天,他也许不能活着回来。日内瓦,一个表面上清洁神圣,实则荒淫无耻的城市,靠不住的城市,中转过境城市。

"我要在那儿过三四天,我一回来就给你们打电话。"

"但是,我和维克多已经出发去美国了。"依沃娜表示。

可是她笑了。我不理解,她为什么这么随便地对待我的计划。

我感到怒火中烧。

"我厌倦了,我,厌倦了法国。"我用一种无可辩驳的语气说。

"我也一样。"曼特的朋友粗暴地说,这种说话方式与他说话之前表现出来的羞涩和忧郁形成了鲜明对照。

这种意见缓和了气氛。

曼特已经要了些白葡萄酒,我们是唯一还待在浮桥上的食客。远处的扬声器在播放一首音乐,我们只能听到一些片断。

"这是市政府的乐队在演奏。它演出所有的声光节目。"曼特说,然后,他转向我们:

"你们今晚干什么?"

"准备行李去美国。"我断然回答。

这次,依沃娜忧虑地看着我。

"他坚持要去美国,"曼特说,"那么,你们把我一个人留在这儿?"

"不是的。"我说。

我们四个人碰杯,没有任何理由,仅仅因为曼特建议我们这样做。他的朋友淡淡一笑,眼睛里掠过一丝不易察觉的愉快亮光。依沃娜抓着我的手。服务员已经在收拾桌子了。

这就是我们最后一顿晚餐留给我的记忆。

她皱着眉头,认真地听我说话。她躺在床上,穿着那套旧的带红点的丝质睡裙。我跟她解释着我的计划:大西洋轮船公司，阿尔贡金饭店和我表姐贝拉·达维……我们从这儿航行几天即可到达美国，我说着说着，那块"希望之乡"也好像离我越来越近了，几乎触手可及。我们不是已经看到了它的亮光了吗？在那儿，湖那边。

她打断了我两三次，向我提出一些问题："我们在美国干什么工作？""我们怎么弄到签证？""我们拿什么钱来生活？"我几乎弄不明白，我对我的话题那么专心，她的声音却变得越来越含糊。她半闭着眼睛，甚至全闭上，突然又圆睁双目，带着令人恐惧的表情看着我。不，我们不能待在法国，待在这个令人窒息的小国家，不能再置身于满脸充血的酒徒、自行车运动员，和那些精于区分几种梨的笨蛋美食者中间了。我气得透不过气来。我们不能在这个围猎的国家里再多待一分钟了，一切都结束了，不要多待，马上整理箱子！

她睡着了。头沿着床的横档滑动着。她的双颊微微鼓起，带着几乎察觉不出来的微笑，她显得比平时小了五岁。她就像每次我给她读《英国史》那样睡着了，只是这一次比听莫洛亚的历史时入睡得更快些。

我坐在窗台上瞧着她。有人在什么地方放焰火。

我开始整理行李。我关上房间里的所有灯，以免惊醒她,只亮着床头柜上那盏小支光电灯。我在壁柜里一步步地寻找着我和她的衣物。

我把打开的箱子在"客厅"里排成行。她有大小不同的六个。连着我的,共有十一个,还不包括柳条柜。我将旧报纸、衣服收集起来,但是,她的衣服要整理成序,更加困难。当我以为真正完成了任务时,发现一条新裙子、一瓶香水或者一堆头巾还没有装进去。狗坐在长沙发上,专注地盯着我走来走去。

我再也没有力气关箱子,跌坐到椅子上。狗将下巴支在沙发边上,从下面观察着我。我们死盯住对方看了好久。

天亮了,一丝隐约的记忆涌上心头。我在什么时候已经经历过类似的时刻?我回想起了十六区和十七区——摩尔上校街道、维拉雷-德-儒瓦厄日广场中心花园、巴尔富里埃将军大道——那些带家具出租的房子,那儿的墙上贴着与埃尔米塔日饭店的房间里一样的墙纸,那儿的椅子和床也引起同样忧伤的情绪。在德军到来之前,人们成群地从这些灰暗的地方、不稳定的落脚点撤走,在它们身上,不留下你的任何痕迹。

她把我弄醒了。她张大嘴巴看着满得要爆裂的箱子。

"你为什么这么干?"

她坐在最大的那只石榴红皮箱上。她显得精疲力竭,好像帮我整理了整整一个晚上的行李一样。她穿着海滨浴衣,胸口那儿半开着。

于是,我重新低声地给她讲了一遍美国。我突然发现自己在抑扬顿挫地吟诵着句子,所有的一切组成了一首配乐朗诵。

说了一通理由之后,我告诉她,莫洛亚,她欣赏的作家,在四十岁那年去了美国。莫洛亚。

莫洛亚。

她点点头,朝我亲切地微笑着。她答应了。我们尽快出发。她不想挫伤我的积极性。但是我必须休息。她把一只手放到我头上。

我还有那么多的细节要考虑。比如,狗的签证。

她微笑着听我说,没有表示异议。我讲了好几个小时,同样的字眼重复出现:阿尔贡金、布鲁克林、大西洋轮船公司、派拉蒙、米高梅、华纳兄弟、贝拉·达维……她真有耐心。

"你该睡一会。"她不时地重复一句。

我等待着。她干什么去了呢？她答应我,她会在去巴黎的火车到站之前半个小时来火车站的。这样,我们就不会错过火车。但是,火车刚刚开走了。我站在那儿目送着有节奏地离去的车厢。我身后的一张凳子边上,我的皮箱和柳条柜围成了一个半圆,柳条柜竖着放在地上。不柔和的灯光在站台上投下一些阴影。我又体验到了那种空虚和麻木的感觉,它们随着火车的离去接踵而至。

其实,我料想到了。如果事情朝另一个方向发展,那才叫不可思议呢。我重新瞥了一眼我的行李。总是拖着三四百公斤的东西在身边。为什么？想到这里,我发出一声干笑,身子跟着抖动了一下。

下一班车午夜十二点零六分到站。我还有一个多小时,我走出火车站,把行李扔在站台上。行李中的东西引不起任何人的兴趣。另外,移动起来也太重了。

我走进凡尔登饭店旁边的圆顶咖啡馆。它叫刻度盘咖啡馆,还是叫未来咖啡馆来着？一些下棋的人占据了里头的几张桌子。一扇棕色木质大门朝弹子游戏室开着。几盏变幻不定的红色霓虹灯照亮了咖啡馆。我听见间隔时间很长的弹子球的碰撞声和霓虹灯连续的噼啪声。没有其他声音,没有说话声,没有叹息声。我低声要了一杯椴花薄荷茶。

突然,美国好像离我非常遥远。阿贝尔——依沃娜的父亲——他来这儿玩弹子吗?我真想知道。我感到一阵麻木,我在这间咖啡馆里重新找到了我曾经在梯耶尔公寓的房东布法兹夫人家经历过的那种宁静。由于交替现象或者循环精神病症状,一个梦想接替了另一个:我不再想象和依沃娜一起去美国,而是去一个外省小城,一个格外像巴约讷①的城市。是的,我们住在梯耶尔大街上,夏天晚上,我们去剧院的连拱廊下,或者沿着布夫雷尔小径散步。依沃娜伸出手臂让我靠着,我们聆听网球的"嘣嘣"声。星期天下午,我们绕着城根散步,坐在公园里靠近莱昂·博纳半身塑像的那条凳子上。我们过了这么多年不稳定的生活,巴约讷,是我们的休憩所和温柔乡。也许现在不算太晚。巴约讷……

我到处找她。我企图在圣罗兹众多的就餐者和跳舞者中间发现她。这个夜晚在本季的庆典计划上是有记载的:"闪烁的夜晚"。我想,是的,闪烁的。节日彩纸像一阵急骤而短暂的大雨,淋到了人们的头发和肩膀上。

在比赛那天晚上他们占据的那张桌子旁边,我认出了

---

① 法国西南部海港城市。

富索里雷、罗朗-米歇尔夫妇、棕发妇女、高尔夫球俱乐部老板和两位晒黑了的金发妇女。总之，他们一个月来不曾离开过他们的位子。只有富索里雷的发型变了一下：抹过美发油的第一个波浪在额头周围形如王冠，背面凹陷下去。另外一个波浪非常宽阔，正好通过头顶上方，然后如瀑布般地倾泻到颈背上。我不是在做梦。他们起身，迈向舞池跳舞。乐队演奏着一首快速狐步舞。他们混在其他的跳舞者中间，正好处于彩纸雨的下方。在我记忆中，所有的一切都在旋、在转，形成漩涡，又散开。漫天尘埃。

一只手搭到我肩膀上，是这儿的那个名叫布里的经理。

"您在找人，克马拉先生？"

他在我耳边小声问。

"雅吉小姐……依沃娜·雅吉……"

我不抱希望地说出这个姓名。他也许不知道这姓名代表的是谁。这么多的面孔……顾客一晚又一晚地接连而来。如果我给他看一张照片，他肯定认得出来。我们必须随身携带我们所爱的人的照片。

"雅吉小姐？她刚刚在丹尼尔·昂德利克斯先生的陪同下出去了……"

"您肯定吗？"

我的表情肯定很奇怪，像一个要哭的小孩那样鼓着腮帮子。因为他抓住了我的胳膊。

"当然肯定。在丹尼尔·昂德利克斯的陪同下。"

他不说"和昂德利克斯先生一起",而说"在昂德利克斯的陪同下",我知道,这在有教养的开罗社交界和亚历山大社交界是很普通的高雅谈吐,但是,法语对此是有严格规定的。

"您愿意一起喝一杯吗?"

"不,我得赶十二点零六分的车。"

"那好,我送您去火车站,克马拉。"

他牵着我的袖子,显得很亲密,也很恭敬。我们穿过嘈杂的舞厅,那里还在演奏狐步舞曲。彩纸现在像雨线一样,遮住了我的视线。他们笑着,在我周围剧烈地摇动着。我撞了一下富索里雷。那位叫梅格·德维尔丝的晒黑了的金发妇女,扑上来搂住我:

"啊,您……您……您……"

她不愿松手,我把她拖了两三米远。我终于还是摆脱出来了。我和布里又走到了一起,到了楼梯口。我们的头发和衣服上沾满了彩纸屑。

"今天是闪烁之夜,克马拉。"

他耸了耸肩。

他的车停在圣罗兹前面的湖边小径边上。一辆森卡·

185

尚博尔牌小汽车,他郑重其事地为我打开车门。

"请进老爷车。"

他没有立即发动汽车。

"我在开罗有一辆敞篷大车。"

他突然问:

"您的箱子呢,克马拉?"

"在火车站。"

车子开了好几分钟,他又问我:

"您要到哪儿去?"

我没有回答。他减慢车速,时速不超过三十公里,他向我转过头来:

"……旅行……"

他沉默了。我也一样。

"必须定居在某个地方,"他终于说了一句,"哎……"

我们沿着湖畔行驶。我最后看了一眼正对面维利埃的灯光,卡拉巴塞尔黑乎乎的一大片呈现在我们前方。我闭上眼睛,想感觉一下缆车通过,但是,没有。我们离缆车太远了。

"您会回来吗,克马拉?"

"不知道。"

"您运气好,可以走。哎,这些高山……"

他跟我指了指远处在月色中依稀可见的阿拉维斯山口。

"总觉得那些高山要塌下来压到你身上。我感到窒息,克马拉。"

这种发自内心深处的信赖令我感动。但是,我没有气力去安慰他。再怎么说,他比我年长得多。

我们沿着勒克拉克元帅大道进了城。附近是依沃娜的故居。布里危险地将车行驶在左车道,像英国人一样,但是,很幸运,对面方向没有车来。

"我们提前到了,克马拉。"

他把尚博尔车停在火车站广场上,凡尔登饭店的前面。

我们穿过冷清的大厅。布里甚至不需要买站台票。行李还在原来的地方。

我们坐在长凳上。除了我们之外,没有其他人。宁静、微热的空气和照明,颇有热带地区气氛。

"真奇怪,"布里说,"我还以为是在亚历山大市汉勒的小火车站……"

他递给我一支烟。我们神色严肃地抽着烟,什么也没说。我现在想,我当时满不在乎地吐了几个烟圈。

"依沃娜·雅吉小姐真的和丹尼尔·昂德利克斯一起走了吗?"我用冷静的声音问他。

"是的。为什么问这个?"

他捋着黑色小胡子。我猜想,他会对我讲些让我好受的事情以及关键性的东西来,但他没有。他的额头上起了皱纹,汗珠肯定会顺着太阳穴往下流。他看了一下表。十二点零两分。于是,他费力地说:

"我是可以做您父亲的,克马拉……听着……您的生活就在您面前……必须勇敢……"

他左顾右盼,看看火车来了没有。

"我也一样,在我这个年龄……我避免朝过去看……我在努力地忘记埃及……"

火车进站了。他凝视着火车,入迷了。

他想帮我拿行李上车。他一件一件地将行李递给我,我把它们排列在车厢的过道上。一只,两只,三只。

我们很吃力地搬着柳条柜。他在抬柜子和将柜子推向我的时候,也许拉伤了肌肉,但他丝毫没有停下来的意思。

工作人员将车门"砰砰"地全关上了。我放下玻璃窗,俯身把头伸出车外。布里朝我微笑。

"不要忘记埃及,祝你好运,老好人……"

"老好人"这几个字他是用英语说的,让我感到很震惊。他挥动手臂。火车开动了。他突然发现,我们把一只圆形皮箱忘记在凳子边了。他一把抓起箱子,开始奔跑。他尽力追赶着车厢。最后他停了下来,气喘吁吁,对我做了一个无能为力的手势。他手里提着箱子,笔直地站在站台的灯光下,像一名变得越来越小、越来越小的哨兵——一个铅制的玩具士兵。

译后记

石小璞

二○一二年四月的一个夜晚,伴随着北京温暖、和煦的春风,一条来自桂林的手机短信悄然而至。那是我儿时的好伙伴金龙格发来的消息。他告诉我,我们一九九三年合译的莫迪亚诺小说《凄凉别墅》将再版了。

莫迪亚诺的多部小说被译成了中文,其中由金龙格翻译的就有两部,深受中国读者喜爱。《凄凉别墅》是莫迪亚诺一九七五年发表的作品,一九九四年在法国被拍成了电影,在中国中央电视台也放映过,名字叫《伊沃娜的香水》。电影唯美、浪漫、忧伤,深具法国艺术和文化气息,电影中的插曲曾打动无数观众:

当你将财富攥于手心

当你年方二十，明天充满希望

当爱与你不期而遇

给你带来无尽的不眠之夜

当以后的生活看似充满微笑

又搀杂着喜悦、希望和愚蠢

你应痛饮青春直至沉醉其中

因为我们二十岁的光阴

分分秒秒地弥足珍贵

一旦逝去便不再转身等候我们……

  那条短信让我激动、高兴。没想到在我们青春岁月里翻译的作品在时隔近二十年后还有再版的机会，于是，在北京的这个四月的夜晚，我的思绪飞回了二十世纪七十年代末的安徽家乡小镇和九十年代的上海、广州、桂林。

  我和龙格相识于安徽小镇河口的医院里。他父亲和我母亲同在这个医院工作。龙格的父亲是远近闻名的中医，童年的我就曾深深受益于他高超的医术。记得有一段时间，不知何故，我每天睡到半夜就流鼻血，经久不愈。母亲干着急，束手无策，于是求助金大夫。金大夫一服中药就解决了问题，把幼小的我佩服得五体投地。感慨如今的龙格，虽未继承父亲精湛的医术,却秉承了父亲的敬业和精业,要不怎么可以把法语文学翻译事业做得这般风生水起、有声有色?

  我们那个时代小学生的暑假,是轻松、快乐、惬意的。龙格、我和其他小伙伴一起,每天一起读书、写作业、做游戏;在门前清澈见底的河水里嬉戏,搬开石头抓小鱼、捉小虾;夏夜一起在门前院后纳凉,摇着蒲扇听大人聊天、讲故事,数满天的繁星……记忆中的龙格,聪明、伶俐,乐呵呵的,没有别的大男孩那种不屑与低年级小女生为伍的小男子气,是深受小朋友喜爱和信赖的好伙伴。前不久龙格告诉我,去年春节他回了一趟河口小镇,他也清晰记得那个山清水秀的地方,记挂着那条充满少年心事和童年乐趣的清澈小河,还有医院周围旖旎的田园风光,只是沧海桑田,时代变迁,儿时记忆中的一切都已经面目全非。就像莫迪亚诺的作品中所写的一样,逝去的东西如流水一般永远地逝去了,再也找寻不到……

  龙格上中学后,由于他父亲工作调动,我们再也没有见面。只从长辈那里得知,龙格上了我父亲工作的高中,我父亲教过他地理,他是我父亲最得意的学生之一。读完两年制高中后,一九八三年他以优异成绩考上复旦大学外文系法文专业,成了林秀清教授的得意门生。巧的是我也在三年之后考上广州外国语学院,读的也是法文专业。从此我们一直保持着断断续续的书信往来。悠远的大学生活、温馨的友谊也一如流水般，渐行渐远……

《凄凉别墅》约稿是我读研究生的最后一个学年，即一九九三年春天收到的，约稿者正是时任漓江出版社法文编辑的金龙格。随书寄来的还有他翻译的前六章的手稿。因临时要出国，他托付我翻译完小说的后续部分。由于出版有时间限制，要我在二十天内完成翻译工作（约六万字）。正是这个时间期限，让我度过了人生中最忙碌、持续时间最长、劳动强度最大的一段日子，度过了一段可谓是战斗的却十分有激情、有意思的青春岁月。

能最终如期交稿，首先要感谢我的导师、时任广州外国语学院院长的黄建华教授，感谢他给我的谆谆告诫、鼓励和支持。接到龙格的约稿后，我的第一件事情就是去跟导师商量先将硕士论文撰写暂停二十天，请求老师能够允许我全力以赴完成翻译任务。

当年五十多岁的黄院长慈祥儒雅、才华横溢，深受学生们敬佩和爱戴。我清楚地记得，他一听说我要译书，收敛了慈祥的微笑，告诫我，译书是件非常严肃的学术工作，铅字是要流传千古的，外文和中文，哪个功底不够，都可能造成疏漏百出、贻笑大方的结果，即使功底足够也需要严谨认真，不可视同儿戏。黄院长治学严谨我是见识过的，在给研究生上的翻译课上,他拿着当时某位著名的法语教授翻译的著作,一一给我们指出其中的翻译错误,给我们上了非常生动的一课。时至今日,他这种严谨和审慎的治学态度依然在深深地影响着我的日常工作,让我受益无穷。为了慎重起见,他让我译好第七章后先拿去给他看看再说。显然,老师对我是否具备译书的能力心里没底。

当我拿着第七章译稿到黄老师家去的时候,心情是忐忑的。只记得他认真地读完翻译稿和原文后,恢复了慈祥、儒雅的笑容。似乎还对我的中文水平小小地夸奖了一句,然后鼓励我要认真翻译,有问题随时去找他。我知道,我过了老师那一关。年轻人有了信心,还忍不住有点得意。

接下来的二十天,除了吃饭、睡觉,我全部时间都扑在《凄凉别墅》上。每天纠缠于维克多和伊沃娜细腻丰富、充满异域情调的情感故事中,感叹人类情感的共通性,体会着莫迪亚诺追忆的笔触、别具一格的铺陈手法和细腻的感觉描写。最费时费力的事情是,由于龙格已经翻译了前面的六章,地点、人物的名字都翻译好了,后面章节中再次出现时必须与前文保持一致,而《凄凉别墅》里细碎的地点和人物又非常多,保持这种一致性成为最麻烦、最费时间的一件事,这个麻烦至今让我记忆犹新。最无可奈何的是,有的句子每个字的意思都一目了然,但组合在一起时,即使结合上下文也难以判断出其准确的含义,毕竟与母语感觉不一样。幸好我身边有黄老师这样法文功底深厚的资深翻译家,还有法国外教,他们的及时指点给了我极大的帮助,使翻译工作得以顺利进展。当克服一个困难或想到一个绝妙的译句时,那份喜悦的成就感无以言表。我每天清晨即起,深夜才上床睡觉,充满热情和斗志,每天都是最后一个离开图书馆、教室的人。当时电脑还未在学生中普及,翻译工作采用的依然是打草稿再誊清到格子稿纸上的传统方式。记得接近尾声时,可能由于我长时间的紧张劳累,有一天晚上,感觉到心脏前所未有地剧烈跳动,虽没有很难受的感觉,也吓得自己赶紧把教室里的几张椅子拼在一起平躺下来,直到心跳恢复平静才起来。回想起来,正是仗着年轻、精力充沛,我才顺利完成了这项工作。

翻译稿寄出后,得到了龙格的认可和鼓励,让我十分欣慰。出版工作顺利进行,当我收到漓江出版社的样书时,已是一九九三年金秋,我已毕业到北京工作。一九九八年龙格又约我翻译了商务印书馆的《科幻小说》一书。后来又先后约了两次稿,终因日常工作太多,心境无法平静,担心难以保证翻译质量而放弃了,想来也是遗憾。十分感谢龙格当初对我的信任,感谢他的指引和一路鼓励。没有他所做的一切,也就没有了现在这份人生追忆。